AHMET BATMAN

Gökyüzüne Not

Ben seni iki mavinin arasında sevdim.
Denizin hemen üstünde gökyüzünün biraz altında...

DESTEK YAYINLARI: 743
EDEBİYAT: 205

GÖKYÜZÜNE NOT / AHMET BATMAN

İmtiyaz Sahibi: Destek Yapım Prodüksiyon Dış Tic. A.Ş.
Genel Yayın Yönetmeni: Ertürk Akşun
Yayın Koordinatörü: Özlem Esmergül
Editör: Devrim Yalkut
Kapak Tasarım: İlknur Muştu
Sayfa Düzeni: Cansu Poroy
Sosyal Medya-Grafik: Mesud Topal-Nursefa Üzüm Kalender

Destek Yayınları: Aralık 2016
Yayıncı Sertifika No. 13226

ISBN 978-605-311-196-2

Abdi İpekçi Caddesi No. 31/5 Nişantaşı/İstanbul
Tel. (0) 212 252 22 42
Faks: (0) 212 252 22 43
www.destekdukkan.com
info@destekyayinlari.com
facebook.com/DestekYayinevi
twitter.com/destekyayinlari
instagram.com/destekyayinlari

Deniz Ofset – Çetin Koçak
Sertifika No. 77699
Maltepe Mahallesi
Hastane Yolu Sokak No. 1/6
Zeytinburnu / İstanbul
Tel. (0) 212 613 30 06

Gökyüzüne Not

Ahmet Batman'dan

Bu hikâyeyi, kendi hayatının resmini çizebilenlere,
gerçekleri kabullenenlere, mesafelere inat sevenlere,
kuşların geri döneceğine inananlara
martılara simit atanlara, herkese iyi niyetle yaklaşanlara,
sıradaki şarkıyı sadece kendine hediye etmek zorunda
kalanlara, çocukluğunu özleyenlere,
keşke hiç tanışmasaydık ve istersen yeniden tanışalım
diyenlere armağan ediyorum.
Tabii bir de gökyüzüne not bırakmaya cesareti olanlara...

İki insanın yapabileceği sınırsız şey varken
biz seninle sadece gökyüzüne notlar bıraktığımız
bir hikâyeyi yaşamayı seçtik. Ve sen bu hikâyede
benim gökyüzüne bıraktığım en güzel not oldun.
Bu hikâyenin mavisi sensin.

Başlangıç

Bir hikâye, evet bir hikâyeye sahip olduğumu düşünmüyorum. Sadece bir hikâyenin içinde olduğumu biliyorum ama bu hikâyenin kimin olduğunu öğrenmem için epey zaman lazım.

Kendimi kırılgan ve yorgun hissediyorum ancak henüz tükenmedim. Hikâyesine başlayamayan bir insanım. Evet evet tek sorun bu. Başlayamıyorum. Başkalarının hayatlarını yaşamaktan yoruldum ama başkaları olmadan da yapamıyorum. Bu onlara duyduğum ihtiyaçtan değil, onların bana duyduğu ihtiyaçtan da ileri geliyor olabilir. Hiçbir şeyden emin değilim, kendimden bile...

Sana gelince...

Sen benim kulaklığımın tekisin. Kışın beni ısıtmayan ama ısıtmazken bile çok sevdiğim soğuk geçiren fakir atkımsın. Yazın ise nefes almamı bile engelleyen nemsin, suya dönüştüğünde vazgeçilmezim olan aynı nem işte.

Kulağıma fısıldanan küçük bir mucize ve avaz avaz bağırılan sonsuz bir şarkısın. Söyleyemediğim sözlerimsin ve geleceğe baktığımda kurduğum en güzel hayalsin.

Her şeyi bir yana bırakıp gerçeklere döndüğümüzde, ben senin neyinim bilmiyorum ama hikâyen olmak istiyorum.

Sadece senin hikâyen...

Yıllar sonra öğrendiğim bir oyun bu...

Gökyüzüne not bırakmak.

Denize şişe içinde mektup bırakmak gibi bir şey ama aynı zamanda ondan çok farklı çünkü her insanın gökyüzüne bakabildiği bir yer vardır ancak denize uzanan bir kıyısı yoktur.

Bu hikâyede denizin içinde araman gereken bir şişe yok sadece gökyüzünden yüreğine düştüğünü hissetmen gereken notlar var. Ve sen benim gökyüzüne bıraktığım en güzel notsun.

"Sen"

Gökyüzüne Not

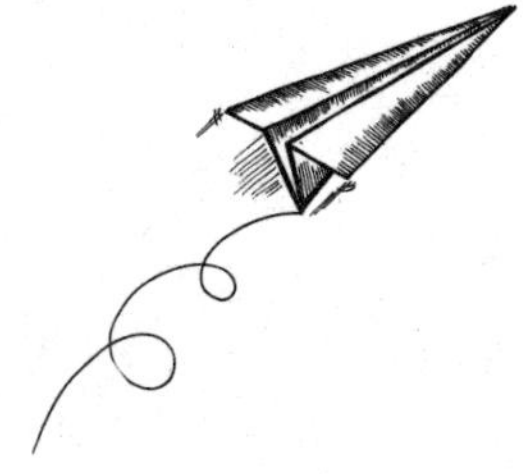

Birinci Bölüm

Bazen aynı şarkıyı yüzlerce kez dinlersin,
sevdiğinden değil hem de…
Sırf o sevdiği için dinlemişsindir de farkına
varamamışsındır.

Kulaklığımın teki...

Bazen aldığınız bir karar sizi her şeyden uzaklaşmak zorunda bırakır. Kalsanız olmayacaktır ve gittiğinizde olacakları asla bilemezsiniz. Denemeye değer diye düşündüğünüzde ise kendinizi, bilmediğiniz bir şehrin sokaklarında kaybolmak üzere çıkılmış bir yolculukta bulursunuz... Tıpkı benim gibi...

Her şeyden uzaklaştığımı düşünerek kendimi bir şarkının içine bırakmıştım yine. Ne zaman sevdiğim bir şarkıyı dinlemeye başlasam aklımdan binlerce hayal geçerdi ve hepsinin başrolü ben olurdum. Bundan daha huzurlu hissettiğim bir zaman hiç olmadı.

Dedemden bana miras kalan şarkıların hayatımın sahibi olduğunu ve kendi seçimleri olmadan da bir insanın yaşlanabileceğini öğretiyordu kulaklığımdan gelen ses... Efkârım birikti sığmaz içime diyordu Ferdi Özbeğen... Benim de içime sığmayan şey efkâr mıydı bilmiyordum. Kaçıyor muydum yoksa uzaklaşmak mı istemiştim onu da bilmiyordum ama gidiyordum. Bu sefer her şeyi geride bırakıp, sadece ve sadece kendim olabilmek için gidiyordum. Her insanın yapması gereken bu şeyi yapmak için o kadar geç kalmıştım ki, bu gidiş öylesine canımı yakıyordu ki... Gözlerimi açıp gerçekle; önümde oturan yolcu koltuğunun uyumaya konumlandırılmış haliyle yüzleşmeye korkuyordum.

Otobüse biner binmez koltuğunu uyumaya konumlandıran insanları hiçbir zaman anlamamışımdır. Koridor tarafında oturursa anlarım da, cam kenarında olan insan neden hemen uyumak ister ki? Yolu izleyip kaybettiği hayatının farkına varmaktan mı korkar? Yoksa hayatı uyuyarak mı geçirmek istiyordur? Konumuz bu olmasa da, insanların hayatına ve yaptıklarına takıldığımı anlamışsınızdır. Detaylar önemlidir ama ben tüm bu detaylardan sıkıldım ve artık sadece kendi detaylarımda boğulmak istiyorum. Böyle bir şey mümkün olur mu bilmiyorum ama artık mümkün olsun istiyorum. Kendi kendime beynimin içindeki deftere yine sayfalarca yazı yazmışken koridordan gelen ayak sesleri ve muavinle tartışılan konu üzerine gerçeğe döndüm. Yüksek bir sesle konuşmaya başlamıştı koridordaki kadın ve işaret edilen adam bendim.

– Ben bayan yanı istemiştim muavin bey.

– Hanımefendi bir karışıklık olmuş ve şu an bu konuda yapabileceğimiz bir şey yok ama dilerseniz iki saat sonraki otobüsümüzle istediğiniz gibi bayan yanı olarak yolculuk edebilirsiniz.

– Benim bu otobüsle gitmem lazım. Bunu şimdi sağlamalısınız çünkü bu firmanızın suçu.

– Elimizde olsa bu sorunu çözmek isteriz ancak şu an bu şekilde yolculuk etmelisiniz, inanın yapabileceğimiz hiçbir şey yok.

Tüm bu olanları duymama rağmen müzik dinliyormuş gibi yaparak olaya dahil olmadım ama bana da sataşmadan edemedi. Elinde tuttuğu koca çantayı işaret ederek omzuma dokundu:

– Beyefendi?

– Buyurun.

– Ben bayan yanı istemiştim ama bir karışıklık olmuş, otobüste de başka yer olmadığı için araya şu çantayı koymamız lazım. Biraz daha cam kenarına yaklaşır mısınız?

– O çanta çok büyük değil mi? Bize oturacak yer kalmaz. İsterseniz o çantayı hiç koymayalım.

– Koyalım. Hem yer kalır merak etmeyin. Lütfen biraz kenara yaslanın.

– Hanımefendi İstanbul'dan Çanakkale'ye kadar bu şekilde gidersek çok yorucu olmaz mı?

– Olabilir ama başka seçenek yok beyefendi.

"Yine mi seçeneksizlik? Hâlâ mı kurtulamadım ya!"

– Anlamadım, bana mı söylediniz?

– Yok. Sadece sesli düşündüm.

Yıllar sonra ilk kez bir otobüs yolculuğu yapacaktım ve daha şimdiden zor bir yolculuk beni bekliyordu. Aramıza konulan çanta iki sevgiliyi sonsuza dek ayırabilecek bir büyüklüğe sahipti. O an kendimi çocuğuna bilet almayıp eşiyle arasına oturtan adamın yerine koydum çünkü tam da o durumdaydım. Bulunduğum yerde iyice sıkışmıştım ve yine farkında olmadan sesli düşündüm.

"İyi ki evlenmemişim. Ben böyle yolculuk yapamam ki. Arada çocuk, yanımda hanım, biter mi bu yol? Hem insan böyle bir ortamda nasıl hayal kurar ki? Hepten körelir ve mutsuzlaşırım. Bir çocuğum da olsa fena olmaz ama bu çantadan küçük olmalı. Evet evet mutlaka bu çantadan küçük olmalı."

– Pardon beyefendi bana mı diyorsunuz?

– Hayır hanımefendi yine sesli düşündüm sanırım.

– İyi o zaman biraz daha az düşünürseniz memnun olurum.

– Aramızdaki şu çanta olmasa ben de memnun olacağım.

– Nasıl yani?

– Hanımefendi çantayı kaldırsak ya da daha ufak bir çanta koysak olmaz mı? Koltuklarımızın yarısını bu çanta kaplıyor.

– Olmaz beyefendi!

İşte bu sefer daha sertti. O çanta tüm yolculuğumu mahvedecekti. Tam ümidi yitirmişken ve bu olayların sadece beni rahatsız ettiğini düşünmeye başlamışken, arkamızdaki genç kadın olaya dahil oldu.

– Hanımefendi isterseniz siz böyle gelin benim yerime geçin, ben oraya geçeyim.

– Siz rahat edebilecekseniz olur tabii ki...

– Ederim, siz geçin böyle...

– Peki o halde. Teşekkürler.

İnsan bazen küçük mutluluklar yaşayabiliyor. Bu otobüs yolculuğu kâbusa dönmekten son anda kurtulmuştu ve ben tam da o an çok mutluydum, ta ki karşımda elleri belinde dik dik bana bakan o genç kadınla göz göze gelinceye dek. Neden oturmadığını anlayabilmiş değildim.

– Beyefendi şimdi mi kalkarsınız yoksa Çanakkale'ye vardığımız zaman mı?

– Çanakkale'ye vardığımız zaman kalkmam daha mantıklı çünkü oraya gidiyorum.

– Şakacı biri olduğunuzu kabul ediyorum ve yerimden kalkmanızı bekliyorum.

– Nasıl yani? Anlamıyorum ki sizi?

– Sizin çantadan kurtulmanız için cam kenarındaki yerimden kalktım ve şimdi doğal olarak yine cam kenarına oturmak istiyorum.

– Tamam sizi anlıyorum ama ben de yolu ve gökyüzünü izlemek istiyorum.

– Beyefendi ben her zaman cam kenarında otururum.

– İşte sorun da bu zaten. Siz her zaman oturabilirsiniz ama ben yıllar sonra ilk defa bir otobüs yolculuğu yapacağım ve öyle düşünüyorum ki son olacak. O yüzden müsaade edin de cam kenarında ben oturayım.

– Olmaz. O zaman çantayla yolculuk yapın.

– En azından ilk molaya kadar ben otursam?

– Çanta.

– Peki siz kazandınız, buyurun.

– Teşekkür ederim çok incesiniz.

– O sizin inceliğiniz, en azından tam bir koltuğum oldu.

– İyi yolculuklar.

– Size de hanımefendi.

Parasını ödediğim halde bir koltuğa sahip olduğuma ilk defa bu kadar sevinmiştim. Hem de koridor tarafında olmasına rağmen... Yine de bir şekilde camdan dışarı bakacaktım. Gerçi yanımda böyle bir kız varken o camdan dışarı bakmak da pek mümkün olacak gibi değildi.

***

Otobüsün hareketinden yaklaşık kırk beş dakika sonra muavin ikramlar için koridorda gezinmeye başlamıştı. Hayatımdaki bu gereksiz heyecanı ikinci kez yaşıyordum. Muavin yaklaşıyordu ve ben hâlâ soğuk bir içecek mi, çay mı, yoksa kahve mi alacağımı bilmiyordum. Çoğu insana aptalca gelebilir ama terlemiştim. İnsan böyle bir şeyi düşünürken terleyebilir mi? Söz konusu bensem, evet terleyebilir. Kasım ayında bile terleyebilirim, yeter ki düşünecek bir şeyler olsun. Son dört koltuk kalmıştı ve ben ne içeceğimin kararını verememiştim. Tüm bunlar size ne kadar kararsız bir adam olduğumu anlatmaya yeter de artar bile. Ve o an gelip çatmıştı.

Muavinle göz göze geldik ve hemen ardından cam kenarındaki kıza doğru baktı. Tabii ben de baktım ve gördüğüm manzara cam kenarını o kıza boşu boşuna kaptırdığımın sessiz filmini izletiyordu bana. Uyuyordu. Bir insan kırk beş dakika içinde ve dışarıyı izlemek için uğruna kavga ettiği bir koltukta ancak bu kadar güzel uyuyabilirdi. Muavin sanki otobüsün içinde yaşananları ve yer değişikliğini bilmiyormuş gibi sordu:

– Beraber misiniz?

– Yok. Neden beraber olalım ki?

– O anlamda sormadım beyefendi, uyandıralım mı ikram için?

– Tabii ki uyandıralım. Hatta ben uyandırayım. Hanımefendi... Hanımefendi...

Kim bilir kaçıncı uykusundaydı. Duymuyordu. Kulağındaki kulaklığın tekini çektiğim anda uyandı ve gözlerini dikip bana bakmaya başladı. Ben karşımda masmavi bir gökyüzünü izlerken, o kafasını sağa sola sallayarak resmen "Hayırdır?" der gibi bakıyordu.

– Hiç yakışmıyor size.

– Pardon da yakışmayan ne?

– Affedersiniz, bir an boş bulundum. Muavin bey bir şey içip içmeyeceğinizi sormak istedi. O yüzden rahatsız ettik sizi.

Bu sefer masmavi gözlerini benden çekip muavine doğrulttu. O gözlere beş saniyeden fazla bakmak intiharla eşdeğerdi.

– Bir kahve alabilir miyim? Mümkünse şekersiz olsun.

– Peki hanımefendi. Siz ne alırsınız beyefendi?

– Ben de bir kahve alayım, şekersiz olması mümkündür diye düşünüyorum.

– Tabii beyefendi, firmamız tüm bu imkânlara sahip...

– İyi ki bu firmayı seçmişim, çok mutlu oldum.

– Biz de efendim.

Önümüzdeki koltukların yemek sehpalarını dizlerimize doğru indirdikten sonra kahvelerimizi ve küçük keklerimizi üzerine koyduk. Küçük keke sanki sevgilim gibi bakıyordum. Benim için anlamsız bir değer teşkil ediyordu. Elli kuruşluk mutluluk muydu bunun adı yoksa para ödemeden almış olmanın verdiği mutluluk muydu bilemiyorum ama mutluydum. Yanımdaki kız pek konuşkan biri değildi ve cam kenarı konusundaki ısrarının da yersizliği çok açıktı. Oysa şimdi orada ben olsaydım çoktan gökyüzüne notlar bırakmaya başlamıştım.

İnsan aklındaki tüm sorulardan uzaklaşabiliyordu. Anlık olan her şey sanki yeni bir zamanın ve müjdenin habercisiydi. Bilmediğim bir şehre gidiyordum ve henüz gidemeden hiç tanımadığım hikâyelerin arasından geçiyordum. Ne çantalı hanımı unutabilirdim artık ne de yanımdaki maviyi.

Kahvemi yudumlarken içimden gökyüzüne bir not yazmak geldi ve sırt çantamdan renkli kâğıtlarımdan birini çıkardım.

"Otobüste içtiğim ilk mavi kahve."

Gökyüzüne Not

Şimdi bu anı ölümsüzleştirmek için elimdeki kâğıdı cama doğru tutup, fotoğraf karesinin içine gökyüzüne de alıp denklanşöre basmam gerekiyordu ama nasıl yapacağımı bilmiyordum.

– Hanımefendi mümkünse bir fotoğraf çekebilir miyim?

– Ne münasebet efendim?

– Bu kâğıdı gökyüzüne doğru tutup bir fotoğraf çekmem lazım. Bir nevi totem gibi düşünün işte.

– Ya öyle desene. Ben de beni çekeceksin sandım.

– Hayır mavi ya, seni neden çekeyim?

– Mavi?

– Maviyi çekeceğim küçükhanım. Onu söylemek istedim ama sizinle anlaşmak gerçekten zaman alacak gibi. Oysa sadece küçük bir fotoğraf çekecektim.

– Çekin o zaman hadi.

– Bir saniye... Biraz geriye yaslanır mısınız?

– Oldu mu?

– Biraz daha?

– Oldu olacak koltuğu yatırayım!

– Tamam tamam çekiyorum, çektim.

– Ah. Nihayet.

– Teşekkür ederim.

– Ne oldu şimdi? Otobüs durduğunda çekseydiniz ne değişecekti?

– An.

– Anlamadım?

– An. Değişecek olan şey an.

– Bir saat önce ile bir saat sonra arasında ne kadar fark olabilir ki?

– Bilemiyorum ama illa ki fark olacaktır. Söylediğim gibi bir totem sadece. Hem cam kenarını bana verseydiniz ki zaten benim yerim orası, hiç böyle sıkıntılar yaşamayacaktık.

– Sizi kurtardığım sıkıntı için teşekkür etmeniz gerekirken bir de böyle bir tavır. Neyse bir şey demiyorum.

– Teşekkür ederim elbette ancak ben birine bir iyilik yapsaydım, karşılığını almamak için ondan ömür boyu kaçardım.

– Bak seni pek sevdiğim söylenemez ama güzel sözdü.

– Hangisi?

– Birine bir iyilik yapsaydım, karşılığını almamak için ondan ömür boyu kaçardım.

– Gökyüzüne söyleyelim mi bunu?

– Nasıl?

– Az önceki gibi işte. Şimdi bu sözü bir kâğıda yazacağız, gökyüzüne tutacağız ve bu gökyüzüne bıraktığımız bir not olacak. Daha önce böyle bir şey yaptın mı?

– Hayır tabii ki. Çok saçma değil mi?

– Bu söylediklerim bir hikâyeye sahip olmayan herkes için saçma olabilir ama benim hayatım bundan ibaret.

– Şimdi bunu düşünmek istemiyorum ama bu notu gökyüzüne ben bırakmak isterim.

– İlk notun olacak. Nasıl hissediyorsun?

– Normal. Ne var ki bunda?

– Haklısın... O halde yaz ve fotoğrafını çekelim.

– Tamam yazayım da, kâğıt yok bende.

– Bir saniye hemen veriyorum. Buyur işte her şey tamam. Söz sende...

“Birine bir iyilik yapsaydım karşılığını almamak için ondan ömür boyu kaçardım.”

Gökyüzüne Not

– Tamam tut öyle...

– Tutuyorum çek artık.

– Ve çektim. İlk notun sana şans getirsin Mavi.

– Umarım da Mavi derken? Adım Buket.

– Memnun oldum Buket.

– Ben de memnun olmak isterim.

– Ol o zaman.

– Adın diyorum?

– Deniz Bulut Sade.

– Üç adın mı var?

– Hayır hayır. Sade soyadım.

– Nasıl yani bu saydıkların sade soyadın mı? Şaka yapıyorsun değil mi?

– Evet.

Güldü ve gözlerinden sonra aklıma kazınan ikinci şey de bu oldu işte. Gülüşü...

– Deniz mi diyeyim Bulut mu?

– Genelde Sade derler ama sen istediğini söyleyebilirsin.

– O zaman memnun oldum Deniz Bulut Sade.

Memnun olmak tüm tanışmalar için en mümkün olasılıktır. Biriyle ilk kez tanışıyorsanız memnun olmaktan başka seçeneğiniz yok gibi görünür. Çoğu zaman bu bir ağız alışkanlığıyken kimi zaman da gerçek bir memnuniyet olur ortada. Peki biz memnun olacak mıydık yoksa her şey bir klişeden ibaret mi kalacaktı hayatımızda?

Sahi insan kaç kişiyle tanışır ki ömrü boyunca? Yüz? İki yüz? Beş yüz? Bin? Peki kaç kişi hayatına dahil olabilir? Kaç kişiyle hikâyesini paylaşabilir ki? Sırtını yaslayabileceğin kaç insan var ki bu hayatta? Kaç insanın tek bir yüzü olduğundan emin olabilirsin? Bu kadar sorunun içinde sağlıklı bir ruha sahip olmam beklenemezdi. Bu kaçışlar da ondandı belki. Hasta ruhuma hangi şehrin iyi geleceğini bilmeden savrulmaya başlamıştım ve ilk attığım adımda ona rastlamıştım.

– Ne düşünüyorsun sen? Hey Sade?

– Hiç. Dalmışım bir an.

– Nasıl bir an bu böyle? Mola yerine geldik farkında mısın? İnmeyeceksen müsaade eder misin ben ineyim?

– Aaa tabii, kusura bakma.

Ona yol verdikten sonra kendimi düşüncelerimden kurtarmak için yeni düşüncelerin içine dalmıştım.

– Hey Sade.

– Evet Mavi.

– İstersen in. Başka mola olmayabilir.

– Tamam geliyorum.

– Hadi...

Tanımadığım bir insanın peşinden gidiyordum ve bunun tek nedeni başka bir mola olmayabilir demesiydi. Bu korku mu bilmiyorum ama içimde bir tedirginlik barındırdığım kesin. Öyle ki hiç ihtiyacım olmayan bir molayı bile kullanmak istiyordum.

– Acıktın mı Buket?

– Gözleme?

– Kimi?

– Gözleme diyorum Bulut ya gözleme yer miyiz?

– Olur yeriz.

– O zaman sen gözlemeleri söyle, benimki peynirli olsun. Ben hemen geliyorum.

– Peynirli sevmem ben.

– Kendine ne istiyorsan onu söyle.

– Tamam o zaman. Ne içersin?

– Çay. Açık olsun.

– Tamamdır.

Gözlemeleri ve çaylarımızı söyleyip masaya oturmuştum. Aradan geçen beş dakikada hem o hem de gözlemelerle çaylarımız geldi.

– Kendine neyli söyledin?

– Sade.

– Soyadın gibi desene.

– Evet sade şeyleri severim.

– Mesela?

– İnsanın sadesi mesela. Yormayanı ve kafa karıştırmayanı...

– Onu kim sevmez ki? Ben de severim öyle insanı.

– Beni de seversin o zaman.

– Olabilir Bay Sade.

– Hayırlısı tabii...

– Her şeyin.

Tanımadığım bir insanla yolculuğa çıkmış gibiydim. O an aklından geçenleri okumak istedim ama mümkün değildi. Ne düşünüyordu acaba ya da düşünüyor muydu benim kadar? Gerçi benim kadar düşünmesi için ruh hastası olması lazım. Sonuçta her şeyi kafaya takabilecek sınırlı sayıda insan vardır bu hayatta. Bu kız da onlardan biri olabilirdi. Zaten bir ruh hastası olmasa nasıl bu kadar iyi anlaşabiliriz ki?...

– Okuyor musun sen?

– Okurum ama genelde yazıyorum. Yazmaktan artakalan vakitlerde de okuyorum.

– Hayır hayır üniversite falan diyorum?

– Okudum bitti. Sen?

– Benim de son senem yani aslında alttan birkaç dersim var.

– Ne güzel.

– Hangi bölümü okuduğumu sormayacak mısın?

– Yok Buket ya. Pek ilgilenmiyorum bununla.

– İyi bakalım sen ne okudun Bay Sade?

– İşletme okudum ben, şimdi de izin verdim kendime...

– Ben de bitirsem şu okulu güzel bir izin yapacağım da, bir bitmedi gitti.

– Biter biter, çok takılmamak lazım.

– Haklısın.

Zamanın nasıl geçtiğini anlamıyordum. Otobüsün verdiği mola bitmişti ve biz birkaç saat içinde konuşabilen iki insan haline gelmiştik. Otobüs hareket ettikten sonra Buket bir şey aramaya başladı ama bulamıyordu. Ne aradığını da anlamamıştım.

– Bir kalkabilir misin Bulut?

– Tabii...

– Burada da yok.

– Olmayan ne Buket?

– Kulaklığım. Yine kaybettim ya. Sanırım mola yerinde düşürdüm.

– Dert ettiğin şeye bak. İstersen benimkini kullanabilirsin.

– Sen?

– Ben dinlemesem de olur. Bir şeyler yazarım.

– Olmaz öyle, bir teki bende diğer teki de sende olursa olur.

– Tamam öyle yapalım.

– Güzel aç bakalım bir şeyler, neler dinliyormuşsun görelim.

– Açayım.

Telefondan ne açtığımı görebiliyordum ancak ben dinleyemiyordum çünkü kulaklığımın teki bozuktu. İlkönce biraz ağır bir parça denk gelmişti... Ardından biraz daha hareketli bir şeyler... Ne dinlediği pek umurunda değil gibiydi. Sadece ses olsun istiyordu sanki. Ne açarsam açayım tepki vermiyordu ve dinliyordu. Ben değiştir demesini ya da yorum yapmasını beklerken o gözlerini kapatmış dinliyordu. Sonunda dayanamayıp ben sordum çünkü o gözlerin kapanmasını istemiyordum.

– Senin istediğin bir şeyler varsa açabilirim.

– Yoo... Böyle iyi, sevdim.

– Uyuyacak mısın?

– Hayır ama gözlerimi dinlendireceğim. Sen ne yapacaksın? Kapatsana gözlerini...

– Ben gökyüzünü izleyeceğim.

– O zaman gel cam kenarına geç.

– Emin misin?

– Evet evet. Burayı sen benden daha fazla hak ediyorsun.

– Öyle demeyelim ama geçeyim.

– Geç geç. Gözlerin parladı be adam.

– Eh ufaktan bir mutlu oldum.

– İyiliğimi de yaptım, huzur içinde gözlerimi dinlendirebilirim.

– Evet, geçeyim ben o zaman...

Artık cam kenarı benim olmuştu. Buket iyi bir kızdı ama o iyiliği ortaya çıkarmak zaman istiyordu. Kulaklıklarımızı değiştirirken bir anlığına dalgınlığıma geldi ve benim kullandığım kulaklığı alınca onun için bir fedakârlık daha yaptığımı fark etti.

– Sen neden böyle bir adamsın?

– Nasıl bir adamım?

– Kendinden çok başkasını düşünen bir adam işte. Birkaç saat sonra belki beni ömrünün sonuna kadar bir daha görmeyeceksin ama şu an benim mutlu olmam için çabalıyorsun.

– Çabalıyorum denemez. Sadece elimde olan imkânları kullanıyorum. Biri mutlu olacaksa olsun, geç kalmaya gerek yok.

– Sen de mutlu ol.

– Ben mutluyum.

– Ben de...

Birkaç saat sonra onu belki de ömrümün sonuna kadar bir daha hiç göremeyecektim ve bunu bana hatırlatan o olmuştu. Kendimde en nefret ettiğim şey, bir insana çok çabuk alışmaktı. Kendimi bu durumdan alıkoyamıyordum. Buket'e de bu birkaç saat içinde alışmıştım.

"Gördüğüm en güzel mavisin.
Hem çok derin hem de benim yanımda yok bir yerin."

Gökyüzüne Not

– Bay Sade gözlerim kapalı ama yazdığın notu gördüm. İstersen gökyüzüne böyle şeyler söyleme.

– Neden?

– Çünkü inanır yanında bir yerimin olmadığına.

– Çok saçma değil mi şu an bu şekilde konuşuyor olmamız?

– Çok saçma ama güzel. Sanki yaşamımız bu otobüs yolculuğundan ibaretmiş gibi. Kelebekler gibi işte.

– Sanki...

– Kulaklık bende kalabilir mi?

– Elbette ama teki bozuk yani pek bir işine yaramaz.

– Olsun.

– Peki kalsın o zaman.

– Teşekkür ederim.

Yirmi yedinci yaşımda hiç tanımadığım birine ilk hediyemi böylelikle vermiştim. Teki bozuk bir kulaklık. Kimine göre çok önemsiz olsa da benim için değerli bir anıydı bu. Belki de bir anıdan çok daha fazlası... Bir hikâye... Sahibini zamanın göstereceği bir hikâye...

Aklımdan onlarca şey geçmeye başlamışken otobüs Çanakkale'ye varmıştı bile... Onu bir daha asla görememeyeceğimi anlatan şu cümleyi kurdu o an:

– Bu oyunu sevdim ben.

– Hangi oyunmuş o?

– Gökyüzüne not yazma oyunu.

– Güzel oyundur ve aynı zamanda özeldir de, aramızda kalırsa sevinirim.

– Elbette aramızda kalacak. Artık ne zaman kendimi yalnız hissetsem gökyüzüne notlar yazıp onunla konuşacağım. Belki sen de okursun.

– Belki bir gün aynı notu yazarız.

– Umarım Deniz, Bulut ya da Bay Sade.

– Umarım Buket ya da Mavi.

Bu gülüşe ikinci kez şahit oluyordum. Onu gülümsetmek güzeldi. Hem gözleri daha da parlıyordu hem de dudaklarının kıvrılışı tüm olumsuzlukları silip atıyordu.

– Eee o zaman vedalaşalım.

– Peki. Kendine iyi bak.

– Çanakkale küçük yer belki karşılaşırız.

– Burada çok kalacağımı sanmıyorum ama isterim.

– Elimi bırakırsan gideceğim.

– Aaa pardon Buket.

– Hoşça kal Deniz.

– Hoşça kal.

"Gözleri, gülüşü ve şimdi de elleri."

Gökyüzüne Not

Bir şeylerden kaçmaya başladıysanız kaçtığınız yerin neresi olduğunun pek bir önemi yoktur. Kaçarsınız sırf kendinizi bulabilmek için... Bu yeni hikâyenin beni nereye götüreceğini her şeyden çok merak ediyordum.

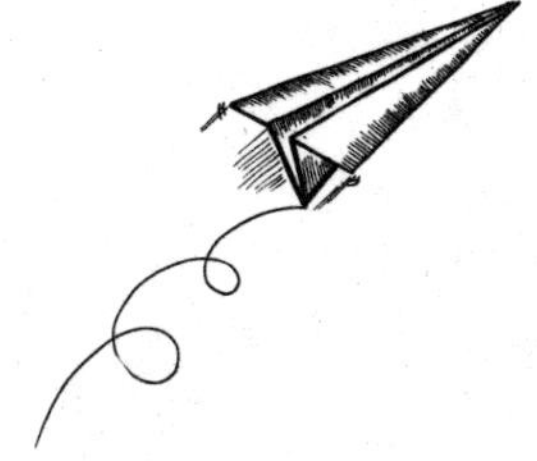

İkinci Bölüm

Bazı hikâyeler yola çıktığınızda değil
yoldan çıktığınızda başlar.

Başlayamayan aşkın diyaloğu...

Dedem hep hayata kıyısından köşesinden bir yerlerden tutunmam gerektiğini söyler. Ben bunu pek umursamam. Ne gerek var ki diye düşünürüm. Şu an dedeme hak veriyorum işte. Hayata değil de birilerine bir yerlerden tutunmalı insan. Kalbinin ritmini değiştireni öyle sadece arkasından bakarak izlememeli... Bir şeyler yapmalı... Evet her zaman yapacak bir şeyler bulunur der dedem. Peki şimdi ne yapacağım? Bir daha görememek mi yoksa kendime bir şans vermek mi?

Ne kaybederim ki diye düşündüm. Ne kaybederim yani dönüp bakmasa?... İçim daha da rahatlamış olmaz mı hem? Dönmedi derim... Umursayacak başka hikâyeleri vardır derim. Böylelikle aklımdan çıkması çok daha kolay olur. Kendimi kandırmakta üstüme yoktur. Aramıza çanta koyan kadını dahi unutmamışken, gözleriyle kalbimi yerinden oynatan kadını nasıl unutabilirdim ki?

Mavi desem. Mavi diye bağırsam arkasından. Yok... En iyisi Buket demek... Baktı baktı, bakmadı ben de döner arkamı giderim. Yolumuz belki tekrardan kesişir diye beklerim. O zaman çabuk davranmalıyım... Saniyeler içinde aklından binlerce düşünce geçirebilen bir adamdım işte... Ve tüm cesaretimi toplayıp bağırdım.

– Bukeeeet...

– Ne bağırıyorsun be?

– Ya... Yanlış anladın ama ya. Bağırmadım.

– Bağırmasan tüm bu insanlar bize bakar mıydı sence böyle?

– Tamam haklısın, biraz yüksek sesle konuşmuş olabilirim. Vedalaşmak istemiştim.

– Az önce vedalaşmadık mı Deniz?

– Evet ama sana bir daha rastlayamayabilirim.

– Eee... Ne var bunda?

– Rastlasam belki de daha iyi olur diye düşündüm.

– Senin düşüncelerinle ilgilenecek kadar seni tanımıyorum.

– Peki bir daha görmek istersem seni?

– Bilemiyorum.

– Kim bilir ki bunu?

– Gökyüzüne sor istersen...

– Buket yapma lütfen.

– Deniz iyisin hoşsun anladık ama her tanıştığı adama numarasını veren bir kadın tipi mi var bende?

– Yoo... Öyle demek istemedim. Zaten istediğim şey numaran değil.

– Ne o zaman?

– Seni bir kere daha görmek diyelim.

– Neden peki? Neden görmek istiyorsun?

– Konuşmak için.

– Başka bir yol bul.

– Tamam. Bir kahve içelim mi şurada? Ben de düşünmüş olurum.

– İçelim ama o sırada düşün. Kahve bittiğinde kalkarım.

– Tamam anlaştık. Sen otur ben kahveleri alıp geleyim.

– Tamam bekliyorum.

Düşünme süremi uzatmak için bir şeyler yapmam gerekiyordu ve o an yapabileceğim tek şey en büyük boy kahveyi almaktı. Aldığım kahveleri içmek en az iki saat sürerdi ve ben de bu sırada numara dışında ona ulaşabileceğim bir yol bulurdum. Masaya yavaş adımlarla yaklaşıyordum.

– Yalnız bu kahve bana az gelir Bulut.

– Daha büyüğü yok ki.

– Ben de onu diyorum işte. Bu ne ya? Makinesini alıp gelseydin. İnsan bu kadar uyanık davranmaz ki... Orta boy falan alır.

– Onu da düşünmedim değil ama böylesi daha iyi. Zaten ancak düşünürüm.

– Eee iyi bakalım. Anlat?

– Ne anlatayım ki şimdi?

– Kendinden bahset bari... Bahsetmeyeceksen kitap okuyayım ben.

– Sen biraz kitap oku, ben de düşüneyim o zaman...

– Tamam anlaştık.

Düşünmeye başlamıştım bile... Bir şeyler gelmiyordu aklıma ama gelmeliydi. Aklıma gelmeyen her düşünce Buket'le aramıza yeni bir mesafe örecekti. Beş dakika, on dakika, on beş dakika derken, sırf gözlerinden ilham almak için kafamı kaldırıp ona bakacağım sırada okuduğu kitapla karşılaştım.

– Düşündünüz mü Bay Sade?

– Düşünüyorum.

– Pek vaktiniz kalmadı bence... Kitabım bile bitecek neredeyse...

– Sevdin mi o kitabı?

– O ne demek şimdi?

– Sevdin mi işte?

– Sen sevmez misin bu adamı?

– Bilmem, okumalı mıyım sence?

– Sen pek bu adamı okuyacak bir tipe benzemiyorsun ama okumalısın bence, en azından bir kızla konuşabileceğin üç beş şey biriktirmiş olursun.

– O adam mı öğretecek bunu?

– Adamı tanımıyorum. Zaten ortaya da çıkmıyor. Ben

sadece kitaplarını ve düşüncelerini seviyorum. Okumak istersen sana vereyim, son iki sayfaya geldim.

– Yok bende var.

– Nasıl var? Sen de mi okuyorsun onun kitaplarını?

– Yoo... O tarz kitaplar var demek istedim.

– O tarz kitaplar ayrı bu kitap ayrı. Öyle sadece aşk falan yazmıyor, derine inince anlıyorsun bazı şeyleri...

– Okumak lazım.

– İyi o zaman bitireyim sana vereceğim.

– Tamam...

O adam benim, o kitabı ben yazdım diyemedim.

Kitap bitti...

Kahve bitti...

– Düşündün mü?

– Düşündüm.

– Sonuç?

– Şöyle yapıyoruz. Ortak bir mail adresi açıyoruz. Her gün buraya gökyüzüne attığımız notları gönderiyoruz. Bir şey yazmak yok. Sadece elimizdeki notu gökyüzüne tutuyoruz, fotoğrafını çekiyoruz ve bu adrese mail atıyoruz. İşin güzel yanı bu notları sadece sen ve ben okuyoruz. Bize özel yani...

– Sevdim bunu.

– Çok düşündüm ama değdi.

– Bence de değdi...

– Anlaştık o zaman, gidebilirsin...

– Gitmemi mi istiyorsun?

– Hayır ama daha fazla vaktini almak istemiyorum.

– Peki anlaştığımıza göre gidebilirim.

– Mail adresini açtım. Şifresi de bu kâğıtta yazıyor. Her gün gireceğiz, söz mü?

– Söz Bay Sade.

– Peki Bayan Mavi...

– Görüşürüz o zaman.

– Görüşmek üzere...

Bu ikinci vedamızdı işte... Hiç tanımadığım bir insanla ilk tanışmamın ardından ikinci vedamı yaşıyordum. Ne o ne de ben kendine iyi bak demiştik. Ortada bunu gerektirecek bir ayrılık yoktu. Kendimize iyi bakmamızı gerektirecek bir durum da... Biz sadece görüşmek üzere demiştik... Hem de yarın... Ama tüm görüşmemiz gökyüzüne bırakacağımız bir nottan öteye gitmeyecekti.

***

Akşam olmadan Çanakkale'den Bozcaada'ya geçmeliydim. Bu mevsimlerde adada tatilci kalmaz. Tatilcilerden ve gürültüden uzak bir ortam da bana hep iyi gelmiştir. Denize karşı kahvemi içer kitabımı yazarım diye düşündüm. Bu sefer tek bir farkla... Yazacağım kitabı Buket'in de okuyacağını bilerek yazacaktım.

Şimdi bu oyuna devam mı etmeliydim yoksa kendimi açığa mı çıkarmalıydım? Ne yapacağımı bilmiyordum ama aslında tam olarak bilmiyor da değildim. Açığa çıkarsam benimle belki de sırf o kitapların yazarı olduğum için konuşmak isteyecekti. Bense bunu istemiyordum. Benim istediğim tek şey Buket'in Bay Sade'yi tanımasıydı... Buket bunu ne kadar isterdi bilemiyordum tabii...

Yeni hikâyeleri hep sevmişimdir ama benim olmayan hikâyelerden de korkmuşumdur. Bu hikâyeye yön verecek kişi oydu. Bu sefer hiçbir şey benim istediğim gibi ilerlemeyecekti. Buket'i sıradan bir adamın en saf haliyle sevebilecektim. Üzerimdeki o etiketten kurtulmuştum, işte bu harikaydı. Sadece adım vardı ve karşımdaki kadın o kitapları yazan adamı değil de sadece Bay Sade'yi tanıyacaktı, tabii ki tanımak isterse...

Hayatımı kendime sorular sorarak geçiriyordum. Bu her ne kadar beni yıpratsa da, zaman zaman iyi de geldiği oluyordu. Soruların içinde kendimi buluyordum ve bazen benliğime bir adım daha yaklaşıyordum. Bir kaçışın beni bir insana bu kadar yaklaştıracağını hiç düşünmemiştim... Ve işin üzücü yanı tek yaklaşan bendim. Karamsarlığım her zaman üst düzeydedir ve bu durumdan kurtulamam. Aklımda adı, omzumda parfümünün kokusuyla adanın yolunu çoktan tutmuştum.

Altı çizilmiş cümleler...

Uzun zaman sonra yeniden adaya gelmiştim. Burada yeni bir kitap yazabilir ve ruhumu dinlendirebilirdim. İlk olarak Buket'in bana verdiği kitabı elime aldım ve kendi yazdığım şeyleri en baştan okumaya başladım. Her sayfada merakım daha çok artıyordu. Kitabı sanki yeniden yazmıştı. Altı çizilmemiş cümle, karalama yapılmamış bir sayfa dahi yoktu kitapta...

Sayfalar ilerledikçe içinden neler çıkacağını daha da merak etmeye başlamıştım. Kitabın bazı sayfaları koparılmıştı. O sayfaları özellikle not alıp okudum. Bu yaşıma kadar tek bir kitabın bile sayfasını koparmamıştım. O yüzden onun bu yaptığını anlamakta güçlük çekiyordum. Aklıma mail kutusuna bakmak geldi ve büyük bir heyecanla şifresini sadece ikimizin bildiği hesaba girdim ama gelen bir şey yoktu. Belki o da benden bir not bekliyor olabilir diye düşündüm ama yine de bir not yazmadan sayfayı kapattım.

***

Akşamüzeri telefonum çaldı. Yayınevinden arıyorlardı ve yeni bir kitap projem olup olmadığını soruyorlardı. Bir kitap yazdığımı ancak ne zaman biteceğini bilmediğimi söyledim. Tam da böyle biriydim işte. Kendimi belli bir zamanın içine hapsedemiyordum. Bu kitap Buket ne zaman isterse o zaman bitecekti ya da başka bir deyişle bu hikâye içine ne zaman ikimizi alırsa o zaman bitecekti. Tam da o zaman işte...

Aşktan ve kendi benliğimden uzaklaşmışken, ona rastlamıştım. Yıllar sonra yeniden kalbimi aklımın önüne geçiren mavi gülüşlü kadına...

Yolculuğun yorgunluğunu atmak için erkenden yatağa geçtim ve sevdiğim filmlerden birinin henüz yarısına gelmişken uykuya dalacağımı hissedip televizyonu kapattım. Bir filmi defalarca izleyebilirdim. İşte bunu yapabilen insanlar evliliklerinde çok daha mutlu olabilirlermiş. Evlilik bir bakıma her gün aynı filmi izlemek gibi olabiliyormuş.

***

Sabah uyandığımda hemen iskelenin orada bulunan kafeye gidip beyazpeynirli tostumu söyledim. Bu tostu seviyordum işte... Bir elimde tostum diğer elimde çayım, hemen önümdeki sehpada ise Buket'ten aldığım kitabımla kendimi çok iyi hissediyordum. Acaba kitabı yazanın ben olduğumu bilse bu mail oyununa gerek kalır mıydı diye düşündüm ve hemen bu düşüncemden vazgeçtim. Artık bir yazar değil sadece Deniz Bulut Sade'ydim.

Bir yazar olmak... Yazar olmanın da ötesinde çok okunan ve kim olduğu bilinmeyen bir yazar olmak... Belki de dünyanın en zor şeylerinden biri bu. Sayısız insana hesap vermek zorunda kalırsınız. Neden ortaya çıkmadığınızı defalarca açıklasanız bile asla onları tatmin edecek cevaplara ulaşamazsınız. Üstelik bir de aşk üzerine bir şeyler yazan biriyseniz ve bu konudaki fikirleriniz kadınlar bir yana erkekleri bile etkileyip harekete geçiriyorsa kendinizi tam bir çıkmazın ortasında buluyorsunuz.

Neden ortaya çıkmadığım konusunda binlerce mesaj aldım. Bir insan böylesine popülerken neden bu popülerlikten faydalanmaz ki diye sordular. İnsanlardan saklamak zorunda olduğum engellerim olduğu kanısına vardılar. Bazıları da bunun sadece bir pazarlama stratejisi olduğunu düşündüler. Bana gelince ben bunların hiçbirini düşünmedim. Ben hayatın ve yaptıklarımızın sonuçlarının çok net ele alınabileceğini düşünmüyorum. Çok okunan bir yazar olmayı kitap yazan herkes ister ama bazıları da her şeye rağmen sahip olduğu sıradan hayatına devam etmeyi ister. Tıpkı ben gibi... Tıpkı Buket'le tanışmaktan korkan Deniz Bulut Sade gibi...

Etrafımdaki insanlar sürekli olarak okurların kitaplarla bir bağ kurduğunu ve yazarlarıyla da bu bağı kurmak istediklerini söylüyorlar. Buna ne kadar katılsam da, hayatımın elimden alınmaması için ortaya çıkmamanın çok daha iyi olacağını düşünüyorum. Neden ortaya çıkmıyorsun diyenlere tek bir cevap verebiliyorum:

"Mutluyum."

Evet böyle bir hayatı sürdürmekten son derece mutluyum. Vapura rahatça binmekten, otobüse bindiğimde yanımdaki bir okur tarafından tanınmamaktan, her şeyden önemlisi yazarlığı bir meslek olarak yapmamaktan dolayı çok mutluyum. Ben ben olarak kalmayı seviyorum. Dünyanın en güzel şeylerinden biri de bu işte. Bir insanın olduğu gibi kalabilmesi... Ben kalmayı deniyorum sadece...

***

Öğleden sonra saat üç gibi mail kutuma düşen ilk notla sessizliğimiz bozuldu. Sessizliğimiz diyorum çünkü bu mail kutusuna sadece ondan ya da benden mail gelebilir. Başka bir ihtimal yok ve ben ilk defa başka bir ihtimal olmamasını seviyorum.

Mavi bir oje sürmüş bugün ve elindeki notta sadece şu yazıyor:

"Kimsin sen Bay Sade?"

Ondan asla beklemediğim bir soruydu bu. Biri kim olduğumu merak ettiğinde hep bir şeyler saklıyormuş gibi hissediyorum kendimi. Anlattığım her şey doğru olsa da, yazdığım kitaplardan bahsetmediğim sürece sanki başka bir adamı anlatmış gibi oluyorum. Bu bir çeşit aldatma olabilir ama başka da çare yok gibi... Hem saklanıp hem de bu kitapları yazan adam benim demek tam bir mantıksızlık olur.

"Tanıştığımızı sanıyordum. Deniz Bulut Sade ben."

Bu cevabıma bozulmuş olacak ki, gökyüzüne tuttuğu o kâğıtta sadece "Peki" yazıyordu.

Hemen cevap vermedim. Biraz düşünmek gerekiyordu. Her şeyi bir anda bitirmek ve onu kaybetmekten korkuyordum. Nihayetinde bir cevap bulmuştum:

– Kim olduğumu anlatmamı ister misin?

– Evet ama ondan önce bir şey soracağım.

– Tabii, sor bakalım...

– Sana verdiğim kitabı okumaya başladın mı?

– Evet ama pek tarzım değil.

– Kitabı bitirdiğinde konuşalım.

– Neden böyle bir şart koşuyorsun ki şimdi?

– Kitap bitene kadar not yazmayacağım.

– Anlaştık.

Kendi yazdığım kitabı okumadan onunla konuşamayacaktım. Bu kız rastladığım diğer kızlardan farklıydı. Akşama kadar ilk yazdığım o kitabı baştan sona okudum. Koparılan sayfalar hariç! Ve akşam saat dokuz gibi mail gönderdim:

– Kitabı okudum. Kopardığın sayfaları da...

– Kopardığım sayfaları nasıl okudun?

– Yeni bir kitap daha aldım.

– Bu sefer dersine iyi çalışmışsın. Şimdi konuşabiliriz.

– Mail mi atacağız hep?

– Başka bir önerin var mı?

– Arasam? Konuşsak?

– Tamam ama aramadan önce mesajla haber vereceksin.

– Anlaştık. Kaçta arayabilirim seni?

– Bir saat sonra müsait olur musun?

– Olurum.

– Tamam o zaman, bir saat sonra bu numaradan arayabilirsin.

– Tamamdır.

Geçmek bilmeyen bir saat başlamıştı. Aslında geçsin de istemiyordum. Konuşurken ona yakalanmaktan korkuyordum. Açık vermekten... Bekledim bekledim ve zaman geldiğinde verdiği numarayı aradım:

– Buket.

– Deniz.

– Nasılsın?

– İyiyim sen nasılsın?

– İyiyim ben de...

– Baştan söyleyeyim, beni haber vermeden arama.

– Tamam aramam. Şu an bir sorun yok değil mi?

– Şu an için söylemedim.

– Tamam. Seni bir daha ne zaman göreceğim?

– Deniz bu soruyu bir daha sormasan...

– Tabii ki sormam bir daha.

– O zaman anlat bakalım. Kimsin sen?

– Deniz Bulut Sade. İstanbul'da doğdum büyüdüm. İşletme okudum ve yaşama tutunmaya çalışıyorum. Hepsi bu işte. Sen kimsin peki?

– Bugün seni konuşalım. Ailen?

– Ailem de İstanbul'da.

– Seninle konuşmak hiç keyifli değil. Seninle sadece otobüs yolculuğu yapmak lazım.

– Olur yapalım. Ne zaman?

– Yılbaşında İstanbul'a döneceğim. Beraber döneriz.

– Çok iyi olur. Haber verirsin sen bana...

– Tamam anlatsana bir şeyler.

– Böyle söyleyince de insanın aklına bir şey gelmiyor ki...

– Anlat işte, anlatmayacaksan kapatalım.

– Olur kapatalım.

– Nasıl yani kapatalım mı Deniz?

– Kapatalım Buket.

– Tamam. İyi geceler...

– İyi geceler...

Tahammül edemediğim tek şey buydu işte. Tehditkâr konuşmalar... Oldum olası sevmemişimdir böyle sohbetleri... Lafın lafı açmasını beklemeden karşıdaki insanı zoraki bir muhabbetin içine sokma çabası. Ne gerek var ki? Konuşacak bir şey olduğunda konuşuruz.

Annem iki insanın bir şekilde bir şeyler konuşabileceğini ama karşılıklı susmaya tahammül edemeyeceğini söylerdi ve ben bunu Buket sayesinde bir kez daha öğrenmiştim.

İki gün önce

– Anne ben bir süre buralarda olmasam iyi olacak gibi...

– O ne demek oğlum?

– Biraz kendi halimde olsam, bir şeyler yazsam... Belki yeni bir kitap işte bilemiyorum... Ayrı kalmak için yapmıyorum bunu ama burada da bir şeyler yazmak gelmiyor içimden.

– Öyle desene oğlum. Ben de bana kırıldın o yüzden gitmek istiyorsun sandım.

Kırıldım anne... Size kırıldım. Aptal yerine koyduğunuz için beni kırıldım. Paramparça olmadım belki ama birleşmeyecek parçalara bölündüm işte... Hem de gözlerinizin önünde... Gidiyorum anne ben. Ne zaman dönerim bilmem. Bir dönüşüm olur mu onu da bilmem ama gidiyorum. Kendimi bulmaya gidiyorum. Kendimden kaçarak kendime kavuşmayı umuyorum. Bırakın beni anne. Anlatsam anlamazsınız. Ben sadece gidiyorum. Sen yine arkamdan bir kova su dök. Döneyim diye, su gibi gidip geleyim diye... Diyemedim anneme çünkü diyemezdim. Ben kırılmayı bilirdim de, kırmayı bir türlü beceremezdim.

– Kırılmadım anne. Sadece biraz değişiklik olsun istedim.

– Ne zaman dönersin oğlum?

– Bilmiyorum, haberleşiriz işte... Güzel bir şeyler yazabilirsem geç dönerim, yok eğer yazamazsam birkaç güne buradayım.

– Tamam gittiğinde haber verirsin.

– Tamam anne.

– Gel sarılayım sana mis kokulum...

– Canım annem benim.

Vedaları oldum olası sevmemişimdir ve bu annemden ikinci ayrılışım. İlk ayrılışım mı?

Dördüncü Bölüm

Geçmiş gerçekten geçmişte mi kalır
yoksa attığımız her adımda yeniden
karşımıza çıkan ayrıntılarda mı saklıdır?...

Ömürlük bir hikâyenin en kısa yanı...

Geceler düşünmek için gündüzlerse uyumak içindir der dedem. Her ne kadar hayatını öyle devam ettirmese de, bazıları için hayatın böyle olduğunu düşünür. Ben de öyle düşünüyorum bazen. Geceleri düşünüp gündüzleri uyuyorum. Dünyayı kurtaracağım ya hep ondan. Yoksa başka ne derdim olabilir ki? Bütün insanlar özünde birbirine benzemez mi zaten, bitiremeyeceği dertler için geceler boyunca uyumaz çözüm üretirler. Sonuç mu? Sonuç hep aynı aslında... Allah'ın dediği olur. Ben de buna sığınıyorum, zaten başka türlü yaşayamam.

***

Nasıl sabah oldu hatırlamıyorum. Telefonun sesiyle yeni güne gözlerimi açtım. Buket olabilir diye heyecanlandım ama arayan annemdi.

– Efendim anne.

– Aramadın oğlum iyi misin?

– İyiyim anne...

– Senden haber bekledim Deniz. Neden aramıyorsun?

– Arayacaktım ama dalmışım işte biliyorsun beni.

– Tamam oğlum sorun değil. İyisin değil mi? Neredesin şu an?

– Bozcaada'ya geldim.

– Soğuktur şimdi orası... Sıkı giyin canım oğlum. Atkın çantanda mı?

– Soğuk geçiren fakir atkım mı anne?

– Nereden buluyorsun böyle şeyleri? Soğuk mu geçiriyor o atkı? Anneannen ne güzel ördü kadın.

– Şaka yapıyorum anne. Arada üşütmüyor değil ama tek geçerim o atkıyı.

– İyi sarıp sarmalanamıyorsun sen, ondan üşütüyor.

– Evet yine suç benim.

– Ah Deniz yapma böyle. Çok öpüyorum oğlum seni. Fazla dolaşma üşütürsün, bakanın da olmaz orada. İstersen geleyim yanına.

– Yok anneciğim merak etme, gayet iyiyim.

– Dedenlerin selamı var.

– Aleykümselam. Sen de selam söyle, çok öpüyorum.

– Biz de öpüyoruz oğlum, hadi görüşürüz.

– Görüşürüz anne...

Tüm bu yaşadıklarım annemin hikâyesi belki de... O hikâyeden kaçarken kendimi bambaşka hikâyelerin içinde buluyorum. Herkesten uzak bir yerde nefes almak istiyorum. Kimsenin olmadığı ve kendime bile yabancı olabildiğim bir yerde...

Bir kardeşim olsaydı her şey çok daha farklı olabilirdi. En azından ona bazı şeyleri anlatabilir ve kendimi daha güçlü hissedebilirdim. Bir kardeşiniz olduğunda düşünmeniz gereken bir insan daha eklenmiş oluyor hayatınıza ancak diğer taraftan baktığınızda sizi düşünmesi gereken bir insanı da eklemiş oluyorsunuz. Bugün benim düşünecek bir kardeşim yok. Sadece dibe çökmeye meyilli, olmazları olduramayan ve her seferinde daha da kötüye götüren bir ruh halim var. Dipsiz bir kuyudayım sanki ve dibini görmekten artık hiç korkmuyorum.

"Korkmuyorum dediğim ne varsa korkuyorum. Aklımı kandırmaya yetiyor dilim ama ruhum tüm bu söylenenlere inanmıyor. Korkuyorum."

Gökyüzüne Not

Hayatım gökyüzüne bıraktığım notlarla devam ediyor ve bunların tek nedeni babammış. Bunu bile bu yaşımda öğreniyorum. Ben annemin ve babamın hikâyesini yaşıyorum. Bedenim şehir değiştirse bile ruhum onların hikâyesinden ayrılamıyor.

Bir ben var ki, kimse bilmez.
Ben dahil...

Şimdi söze nereden başlamalı diye uzun uzun düşününce aklıma dedemin sözlerinden biri geldi... Evet yine dedemi dinlesem iyi olacak gibi... "Bir merhaba her şeyi çözer" derdi dedem.

O halde merhaba...

***

Adım Deniz ve bu benim için pek bir şey ifade etmiyor. Evrendeki her şey gibi benim de bir adım var ve ailem benim nasıl çağrılacağım konusundaki seçimini bu ismi bana vererek yapmış. Uzun yıllardan bu yana bir Deniz'im ben. Yalnız ama tek başına olmayan. Aslında tam tersi olsa çok daha mutlu olabilirdim. Tek başına ama yalnız olmayan.

Benim hikâyemin adı yalnızlık. Biraz da onlar. Zaten herkesin hikâyesi biraz da olsa onlardan ibarettir. Onlardan...

İstanbul'un en güzel semtlerinden birinde dünyaya gelmişim. Haliç'in kıyısında, Fener ile Ayvansaray'ın ortasında, Balat'ta... Dedem Balatlı Kemal, namı diğer Sade Kemal. Etliye sütlüye karışmayan ama her defasında güçsüzün yanında yerini alan bir adam. Zararının çoğu kendine, tabii bir de anneanneme... Eee haliyle biraz da bana zararı dokunabilir diye düşündüm yıllarca ama yararından başka bir şey görmedim.

Elinde kehribar tespihiyle yokuşun başında görüldü mü mahalledeki işe yaramazların elini ayağını birbirine dolaştıran Sade Kemal'in torunuyum. Her ne kadar onun gibi sade olamasam da kenarından köşesinden bir parça sadelik de üzerime dökülmüş. Ne haksızlığa gelebiliyorum ne de güçsüzlerin ezilmesine... Tıpkı dedem gibiyim işte.

Bir Rum evinde gelmişim dünyaya... Bu evin hanımının ve beyinin işlerini yapmış yıllarca anneannem... Çamaşırı, bulaşığı, bahçenin düzeni, temizliği hepsi o güçsüz görünen ama içindeki evlat sevgisiyle güçlenen anneannemin omuzlarında dolaşmış yıllarca... Dedem de keza öyle... Hep birlikte Katya Hanım'a çalışmışlar. Gel zaman git zaman Katya Hanım bazı sorunlardan dolayı Balat'taki evini dedeme bırakıp Heybeliada'ya yerleşmiş ve benim de hikâyem böylelikle bu evin içinde başlamış...

Sıcak bir temmuz ayında...

***

Hastanenin koridorunda yoğun bir koşuşturmaca varmış o gün, annemin de aniden tutan sancılarıyla o hengâmenin içine dahil olmuşuz.

– Doğuma girecek hanımın adı neydi?

– Semra kızım...

– Bey amca siz burada bekleyin, haber vereceğiz.

– Peki kızım... Hanım sen de gel böyle oturalım.

Babam yurtdışında olduğu için doğuma dedem ve anneannem getirmiş annemi... Dedemin içinde bir sinir var tabii, babamı suçluyor sorumsuzluğundan dolayı...

– Bu adama kız verilmez dedim Nebahat! Dinlemedin beni... Ah, ah! Şimdiki aklım olsa kapıdan sokmam onu.

– Bey başlama yine, hem sen verdin kızı... O kadar araştırdın da iyi çocuk dedin. Hem neyi var ki, işinde gücünde işte...

– Çok konuşma Nebahat. İş güç çocuktan önemli mi? İzin alsaymış efendim. Bu nasıl babalıktır?

– Kemal Efendi sakin ol, zaten ortalık karışık bir de sen böyle yaparsan...

– Sus sus tamam, zıvanadan çıkacağım yoksa!

Dedem böyle bir adammış işte. İçinde hep bir panik havası. Olmayacak şeylere bile bin bir türlü senaryo yazmalar da hep onda. Belki de ben de onun sayesinde böyle oldum. Konuşmayı değil de yazmayı seçtim.

Hastane koridorundaki koşturmacalar ve geçen zaman dedemi iyiden iyiye rahatsız etmiş ve başlamış yine yaygarayı koparmaya. Ayakkabısının topuğuna basa basa doğumhanenin kapısına dayanmış çalmış kapıyı. Durdurabilmek ne mümkün!

– Kaç saat oldu ne bitmez doğum bu?

– Bey amca siz geçin oturun haber verecekler.

– Merak ediyorum kızım. İçeride iki yavrum var benim.

– Bey amca sen otur ben hemen bilgi vereceğim.

Hemşire anlayışlı davranmış. Dedem ne derse desin alttan almış. Anlamış adamın panikleyen biri olduğunu... Aradan birkaç dakika geçmeden annem çıkmış doğumhaneden ve odaya almışlar... Tabii yaklaşık bir saat sonra da beni almışlar annemin yanına...

Kocaman açmışım gözlerimi... Annem diyor ki, "Ben nereye geldim?" der gibi bakmışım tavana... Sonra yan yatakta yatan kadın anneme "Oğlunu bana ver kızımı sana vereyim" demiş. Annem ilk başlarda şaka sanmış, meğer kadın ciddiymiş. Dördüncü kızını doğurmuş o gün ve gerçekten değiştirmek istemiş benimle çocuğunu... Durumun farkına varınca annem bağırmış kadına:

– Deli misin sen kadın? Çocuk değişilir mi? Aklını başına al, evlatlarına da sahip çık!

– Yok ben de şaka yapmıştım kızma hemen.

– Sus. Konuşma benimle.

Hayatımdaki ilk tehlikeyi annem sayesinde atlatmış ve boncuk gözlerimle hayata ilk bakışımı atmışım. O gün öğleden sonra annemi hastaneden çıkarmışlar ve eve getirmişler. Dedem sürekli söyleniyormuş. Babam neden izin alamamış? İnsan hanımını yalnız bırakır mıymış?

Oysa işler dedemin bildiğinden biraz daha fazlasıymış. Babamın Almanya'da çalıştığı şirket herhangi bir izin durumu konusunda hiçbir ücret ödemeden sözleşmeyi feshedebiliyormuş. Babam da emeklerinin karşılığını alabilmek için bu yapılanlar karşısında sesini çıkarmıyormuş. Bense tüm bu olanlardan habersiz Balat'ın kardeşlik kokan havası içerisinde dünyaya alışmaya çalışıyormuşum.

Her şey olağan halinde devam ediyormuş... Aradan tam bir sene geçmiş babam hâlâ yok. İzin alamamış. Parasını bırakıp gelmeyi de istemiyormuş. Annemle sürekli mektuplaşıyorlarmış. Dedemse olan biten her şeye kızıyormuş ama torun sevgisi tüm bunları bastırıyormuş.

– Söyle o kocana gelmesin Semra.

– O ne demek öyle baba?

– Torunuma ben bakarım. O çalışsın işte oralarda...

– Yok babacığım gelecek zaten... İki ay sonra sözleşmesi bitiyor. Artık hep beraber olacağız.

– Hep beraber olacaksak gelebilir tabii.

– Aslında bir ev almak istiyoruz baba.

– Olmaz.

– Neden baba? O kadar çalıştı işte. Bizim de bir evimiz olmasın mı?

– Olsun eviniz olsun da burada kalın.

– Tamam baba tamam. Bir dönsün o zaman konuşuruz.

– Konuşmayız kızım. Torunum benimle büyüyecek.

Dedem bana çok düşkünmüş, bu yüzden babam döndüğünde bile Balat'taki bu eski Rum evinde hep beraber yaşamamızı istiyormuş. Babam kimsesiz, tabii biraz da saf bir adammış. Saf dediysem o zamanlar saflık çok mühim şeymiş. Özü sözü bir, kimseye zararı dokunmayan ve iyilik için yarışan bir adammış babam. Şimdilerde bu saf sözcüğünün anlamı değişti tabii... Bir adam saf sıfatını adının önüne almayıversin. Herkes o adamın basit olduğunu, bir şeyden anlamadığını düşünür, hatta çok daha ileri gidip enayilik bile derler tüm iyi niyetlerine... Oysa saflık önemli bir mertebedir. Kimse saf kalamazken babam saflığın kitabını cilt cilt yazacak kadar duru bir adammış işte...

Zaman geçiyor ve ben her geçen gün biraz daha büyüyormuşum... Annemle babamın mektuplaşmaları da her gün daha da çok artıyormuş. Nasıl bir özlemse annem günde birkaç mektup yazıyormuş... Babam Türkiye'ye dönmeden önce anneme bir mektup yazmış ve en azından bir kere de olsa başka bir ülke görmesi için Almanya'ya çağırmış. Annem beni de hazırlamak istemiş ama dedem bu durumdan hiç memnun olmamış.

– Ne işi var kızım küçücük bebeğin oralarda?

– Baba Fikret siz de gelin görün buraları dedi. Üçümüzün birkaç fotoğrafı ve güzel anıları olur işte...

– Bakamazsınız kızım bu çocuğa. Hem ben ne bileyim döneceğinizi?

– Yapma baba Allah aşkına. Çocuğumu yurtdışına mı kaçıracağım ben? Sadece bir hafta gidip geleceğiz. Fikret'in sözleşmesi önümüzdeki günlerde bitiyor.

– Olmaz kızım olmaz. Torunum benimle kalırsa gidebilirsin yoksa sen de gitme. O gelsin haftaya...

– Ah baba ah... Fikret'e Deniz'in hasta olduğunu söyleyeyim o zaman yoksa çok bozulacak.

– İyi olur kızım.

Dedemin korkusu sadece benmişim. Ya Almanya'ya gider de geri dönmezsem? Eee tabii çok hızlı emekliyormuşum o dönemlerde adam da haklı şimdi. Bir tanecik torununu gözünün önünden ayırmak istemiyor. Dedem bir şekilde her şeyi ayarlamış ve annemi Almanya'ya göndermiş. Ve ben annemle babamın gerçek hikâyesine o gün dahil olmuşum.

Beşinci Bölüm

Küçük sevinçleri bekler insan,
büyük mutsuzluklara da sırf bunun için katlanır zaten…

Sana bir şey olmasın anne...

Annemden ilk ayrılışım bu Almanya yolculuğu ile gerçekleşmiş. Her şeyden habersiz annemi ve babamı beklemişim. Hayat sizin beklediğiniz şeylerden değil de sizi nelerin beklediğinden ibarettir. Ben de beni bekleyen şeylerle daha bebekken karşılaşmaya başlamışım.

Atatürk Havalimanı, saat 11.00

– Bugün gelmeyecekler miydi Nebahat?

– Evet Kemal.

– Eee neredeler?

– Bilmem ki, bir sorun mu oldu acaba?

– Ne sorunu olacakmış? Sürpriz dedin, karşılayalım dedin... Al geldik işte yoklar...

– Gelirler herhalde şimdi.

– Ah Nebahat yine iş çıkardın başıma... Çocuk da hasta olacak burada... Hanimiş benim Deniz'im...

– İyice sardım bey, uyuyor öpme çocuğu.

– Torunumu öpemeyecek miyim yahu!...

– İyi öp öp... Uyanırsa durmaz, ağlar.

– Durmasın ben güldürürüm onu.

Saat on iki olmuş ama gelen giden yokmuş. Dedem her zamanki huysuzluğunu yapıp başlamış söylenmeye...

– Hadi eve geçelim Nebahat. Boş yere getirdin bizi buraya...

– İyi bey...

Anneannem dedemin huyunu bildiğinden pek karşılık vermezmiş. Bu huyuyla da hep övünür. Şimdi nerede bizim gibi kadınlar der... Beyi bir laf söyleyince beş laf sayıyorlar yüzüne... Zaman değişti tabii, bizim zamanımızda böyle miydi der ve söylenir ne zaman konuşsak...

Eve geldiklerinde annemi ve babamı bulamayınca iyice telaşlanmışlar. Nerede kaldılar bilmiyorlar. Ellerinde bir telefon numarası var ama oradan da ulaşamıyor dedem. Bin türlü şey geliyor aklına ama ne olursa olsun ulaşamıyor babama...

Aradan tam iki gün geçiyor. Üçüncü günün sabahında dedemi karakoldan çağırıyorlar. Dedem alışkın tabii böyle durumlara... Biriyle ettiği kavganın uyarısıdır diye düşünüyor, komiser de ahbabı zaten...

Karakola gittiğinde doğrudan başkomiserin odasına alıyorlar.

– Gel Kemal Efendi gel...

– Buyurun komiserim, durum nedir? Yine kim neyimi şikâyet etti?

– Senlik bir durum değil bu. Senin çocuklar...

– Ne olmuş benim çocuklara?

– Bir işe karışmışlar... Almanya'da havalimanında gözaltına alınmışlar.

– Ne olmuş komiserim söylesene?

– Uyuşturucu diyorlar. Bavullarında uyuşturucu yakalamışlar.

– Olamaz efendim. Ne işi olur benim çocuklarımın öyle şeylerle?

– Vallahi ben de inanamadım ama bize gönderilen bilgi bu.

– Ne olacak şimdi?

– Uzun bir süreç olacak gibi... Ben seni bilgilendiririm, sen çok üzme kendini. Allah'ın izniyle dönerler.

Dedem karakoldan çıktığında adım atacak hali yokmuş. Her zaman dimdik olan başı o gün yere düşmüş... O günleri ne zaman ondan dinlesem ben bile yıkılırım.

"Yıkıldım oğlum. Gökyüzü üzerime çöktü de yeryüzüyle arasına sıkıştım sanki... Ben çok acı gördüm, başımdan çok şey geçti ama evlat başka işte... Hep daha neler yaşayabilirim ki diye düşünürdüm. Meğer yaşadıklarım neymiş ki?... Gücünün yetmemesi neymiş onu öğrendim o gün. Elin kolun nasıl bağlanırmış onu öğrendim. Yıkıldım oğlum o gün, ne attığım adımı bildim ne söylediğim sözü... Bir de bir halt ettim ki sorma... Anneannene el kaldırdım o gün. Eve girer girmez üzerime gelince çekil be kadın deyip ittim ya onu nasıl ittiysem yere düştü. İşte o gün o düşmedi oğlum ben düştüm. Gözümden yaş, içimden ciğerim düştü..." der.

– Bittik hanım bittik.

Anneannem konuşamıyor tabii. Kadın yıllarca hanımlık yaptığı beyinden şiddet görmüş. Öyle susup kalıyor ama neticede o bir kadın ve güçlü olmak zorunda. Açık kalan sokak kapısını kapatıyor ve yine dimdik geçiyor dedemin karşısına.

– Ne oldu Kemal?

Bu sefer de dedem tek kelime edemiyor, sarılıp ağlıyorlar. Kapının eşiğindeki yeşil örtülü divanın bir ucunda onlar diğer ucunda ben... Ne için kim için ağladığımı bilmiyorum ama anneannem hep hissettin oğlum hissettin diyor.

O gün bugündür hissediyorum ben. Garip bir hayatım var ve bilmiyorum ama sanki korunuyorum. Bu durumu seviyorum, beni rahatlatıyor. Sırf bu yüzden bile dimdik yaşayabiliyorum. Kendimi güçlü hissediyorum. Evet tüm eksiklerime rağmen kendimi güçlü hissediyorum.

Dedem emekli olmasına rağmen yeniden çalışmaya başlıyor. Annemi ve babamı kurtarmak için elinden ne gelirse yapıyor ama ne mümkün!... Elinden gelen yetmeyince de kendini hepten nargilesine veriyor. Bense yıllar yılı annemi ve babamı göremeden yaşıyorum. Dünyanın en kötü şeyi de bu işte. Ölse mezarını bilirsin ama böyle olunca hiçbir şeyini bilemiyorsun. O zamanlar dedeme bizim için öldü de baba diyorlar ama dedem beni kandırmıyor. Cezaevinde olduklarını da söylemiyor, sadece Almanya'da çalıştıklarını ve hepsinin benim geleceğim için olduğunu söylüyor. Aklım çocuk yaşımda, inanıyorum. Başka da çarem yok zaten...

***

Zaman geçerken ben de büyüyormuşum ama bu büyümek öyle kolay olmamış tabii... İçime bir şarkının en acı nakaratı gibi kazınmıştır ilkokulun ilk günü...

Tüm çocuklar bahçede annelerine sarılmış ağlarken ben ağlamaya bile korkmuştum. İşte o gün kendimi dünyanın en güçsüz insanı hissettim. Kimsesizmişim gibi... Oysa anneannem ve dedem yanımdaydı ama yetmemişti işte. Bir eksiklik vardı ve asla tamamlanmıyordu...

Bahçede anne diyerek ağlamaya başlamıştım. Başımı okşayan anneannemdi, dudaklarımdan dökülen ise annem. Babam kimsesiz bir adam olduğundan hayatta anneannem ve dedemden başka kimsem de yoktu. Tüm bu mutsuzlukların içinde minicik bir mutluluk arıyordum. Sadece bir anlık bir mutluluk...

Hayatınıza ve yaşadıklarınıza isyan etmeye başlarsanız bunun bir son noktasını bulamazsınız. Ben hiç isyan etmedim ama bana verileni kabul de etmedim. Her zaman başka bir yol çizebileceğimi, kendi hikâyemi yazabileceğimi düşündüm. Yazamasam da bir başkasının hikâyesinin kahramanı olabileceğimi düşündüm ya da bunu istedim hep, bilmiyorum.

O zamanlar tüm arkadaşlarım annesiyle babasıyla oyunlar oynarken ben dedemle dünyanın en güzel oyununu çoktan bulmuştum bile. Tüm hayatımı baştan sona yazan bu oyunun adı Gökyüzüne Not'tu. Hikâyeyi bilmeyen hemen hemen herkese saçma gelebilecek bir oyundu bu ama benim için her şeydi. Evet elimdeki tek şey ve her şey buydu.

– Dede.

– Efendim oğlum.

– Annemi özledim.

– Hemen annene bir not yazalım oğlum.

– Hadi dedeciğim...

"Bütün anneler çocuklarının yanında ama sen
yoksun. Sen burada olmayınca çok canım sıkılıyor anne.
İşlerin biter bitmez gel. Çalışma. Hep yanımda ol anne.
Gitme. Sen gitmezsen ben hep uslu bir çocuk olurum.
Seni seviyorum anneciğim."

Gökyüzüne Not

– Evet şimdi bu notu gökyüzüne doğru tutalım ve annene ulaşsın.

– Tutuyorum. Gitmiş midir dedeciğim?

– Gitmiştir oğlum.

– Çok tutarsam hemen mi gider?

– Tuttuğun anda gidiyor zaten yorma minik kollarını.

– Peki dedeciğim...

Bu küçük notlar benim için dünyanın en güzel en anlamlı şeyleriydi. İnanıyordum. İnanan bir insanı mutsuz edemezsiniz. Sanki annemle konuşmuş gibi mutlu uyuyordum o gece. Sanki babam sarılmış da onunla yatıyormuş gibi huzur duyuyordum. Ah şu çocukluk, tüm anları kandırılarak geçse bile mükemmel bir şey...

Aradan birkaç gün geçiyordu ben yine annemi özlüyordum.

– Dede annemle konuşmam lazım.

– Hemen geliyorum, seç bakalım.

– Annem olsa hangi rengi seçerdi?

– Pembeyi seçerdi değil mi Nebahat?

– Evet evet çok severdi pembeyi balım.

– O zaman pembeye yazalım.

– Tamam oğlum sen yaz ben geliyorum...

"İkinizi de çok özledim, lütfen hemen gelin çünkü beklemekten yoruldum ben."

Gökyüzüne Not

Dedem bana her sabah gökyüzünden notlar getiriyordu ve annemle babamdan geldiğini söylüyordu. Bu notlarda genellikle, derslerine çok çalış, herkesi geç, sen çok büyük bir adam olacaksın ve işlerimiz biter bitmez geleceğiz gibi şeyler yazıyordu. O notların hepsini saklıyordum ve defalarca okuyordum. Çocukluğumdaki tek motivasyonum işte buydu... Annemden ve babamdan gelen notları okumak ve derslerime çalışmak. Küçücük bir mutluluk için tüm ömrümü mutsuzluk içinde geçirebilirdim.

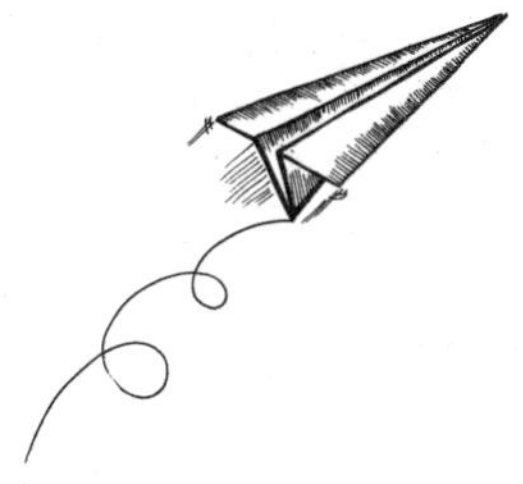

Altıncı Bölüm

İnsan mutluluğa da mutsuzluğa da alışır.
Alışamadığı tek şey yalnızlıktır.
Ne kadar alışmış gibi yapsa da insan
her kalp en sonunda bir kalbe karışır…

Karanlıklar içinden süzülen bir ışık...

Annem...

– Oğlum sarılsana annene, neden öyle yabancı gibi duruyorsun?

– Nasıl annem?

– Oğlum annen o senin annen.

On yedinci yaşınızda, tam da liseden yeni mezun olmuş üniversite hayaliyle yanıp tutuşurken karşınıza yıllarca özlemini çektiğiniz bir kadın gelir ve o kadın özbeöz annenizdir.

– Deniz'im, oğlum...

Donup kalmıştım o an... Yaşadığım ne varsa hepsinin acısını çıkartırcasına sarılmak istedim ama yapamadım. Düşüp kalmışım. Gözlerimi açtığımda ayaklarımın altında iki minder başucumda annem vardı... Bahçedeki yeşil erik ağacını izliyordum.

Usulca oturdum divanın üzerine... Öne eğdiğim başımı yavaşça sağa doğru çevirdim. İşte o an dünyanın en güzel kadınının bana nasıl şefkatle baktığını gördüm. Annem. Birini hiç koklamamak ama kokusunu ezbere bilmek nedir bilir misin? Ben biliyorum. Anne kokusunu her evlat ezbere bilir. Doya doya kokladım annemi, öptüm, sarıldım. Ağladım ilk kez ağlıyormuş gibi, ne yapacağımı bilmeden ağladım. O ana kadar yaşadığım ne varsa sahteymiş gibi, o ana kadar sarıldığım kim varsa sanki yokmuş gibi, o ana kadar sanki hiç yaşamamışım da o gün doğmuşum gibi kucakladım annemi...

Annem kendime gelmiş olmamın verdiği rahatlıkla "salondaki üçlü koltuğa" doğru ilerlerken dedem telaşla seslendi:

– Oraya oturma! Orası Deniz'imin koltuğu. Oraya sadece o oturur ve orada notlarını yazar.

– Ne notu?

– Bu bizim aramızdaki bir oyun. İçinden geldikçe gökyüzüne notlar yazar o koltuğa oturup. Hatta bak dün gece yazdığı notu okuyayım sana:

"Bir insanın sana verebileceği en güzel şey güvendir."

Gökyüzüne Not

Annemi elinden tutup bahçeye götürdüm.

– Hadi anne...

– Oğlum...

– Hadi anne gökyüzüne not yazalım. Babamı çağıralım o da gelsin.

– Baban... Baban gelemez Deniz.

– Neden anne neden?

– Babanın cezası hâlâ bitmedi ama istersen ona mektup yazabiliriz.

– Yazalım anne. Onu da çok özledim. Babamı anlat bana.

– Anlatacağım oğlum.

– Her şeyini anlat ama yüzünün kıvrımlarından tut da, tırnak uçlarını nasıl kestiğine kadar anlat. Ben nasıl bir adamın oğluyum anlat bana anne...

– Anlatacağım Bulut, artık hep beraberiz...

Hayatımın en güzel yıllarını annemden ve babamdan ayrı geçirmiştim ve hâlâ babama olan özlemim devam ediyordu. Hayatımdaki birkaç fotoğraf dışında babam yoktu. Sayısız bayramı da ondan uzak geçirecektim ama sonunda bir gün ona kavuşacaktım. Bu umut her şeye yetiyordu...

"İşte bu da babanın bana yazdığı yazılardan biri... Oku bakalım belki de bu yazma yeteneğin babandan geliyordur..."

Keşke içimden geldiği gibi sevebilseydim seni.

Kimseyi dinlemeden, yarını düşlemeden yanıma bırakabilseydim...

Biraz daha kalsaydım yanında her şeye herkese inat savaşsaydım.

Tükenseydim, senin için halim kalmasaydı sevmekten ve sen de gidemeseydin düşünmekten.

Bir ben olabilseydi içimde

Ve o ben, bir sen kadar sen olabilseydi

İşte o zaman ne ben kalırdım ne de sen.

Karanlıktan korkmak için aydınlığı bilmek lazım.

Ya aydınlığı öğretme ya da karanlığa mahkûm etme...

– Nasıl oğlum?

– Ama bu mükemmel bir yazı anne.

– Baban da öyle bir adam oğlum.

– Seni çok mu sevdi?

– Benden çok sevemezdi...

Annemle babamın aşkını, sevgisini kıskanır olmuştum. Ben böyle bir sevgiyi ne zaman bulacaktım acaba?... Bir kadına seni çok seviyorum dediğimde, benden çok sevemezsin diyecek miydi acaba bana?... Aklımda yine binlerce soru cevap beklemeye başlamıştı...

– Bunu da oku ve bu gecelik son olsun. Uyuyup dinlenelim.

– Tamam anne.

– Al bakalım, oku...

Çünkü geçen sadece zaman artık...

Ne yaralarım geçiyor ne de sensizliğim...

Oysa sen ve ben vardık bir de aramızdaki o kısa mesafe...

Ki ben sevmişimdir o mesafeyi de söyleyememişimdir. Söylenmez ki bazı şeyler ama bil kadın bil işte sevmişimdir o mesafeyi tıpkı senin yerine sevemediğim gibi...

Tamamlanmayan bir şarkı, eksik kalmış bir yazı, belki de pamuk şekerini yere düşüren bir çocuk gibiyim.

Bir hüzün var da en çok hangisine benzer bilmiyorum.

Ve sen varsın gökyüzüne benzersin...

Bir aşk olup, gökyüzünün hemen altından boynuna, oradan da köprücükkemiklerine düşersin.

İşte beni orada unut.

Ben öyle bir yerde unutulmak için tüm ömrümü veririm.

– Anne sen ne yaptın babama böyle?

– Hiç oğlum, hiçbir şey yapmadım.

– Yapmışsın anne, bir adam nasıl bu kadar güzel sever?

– Bir şey yapmadım oğlum sadece gülümsedim.

Böyle güzel bir aşk herkese nasip olmazdı ama ben istiyordum. Her şeyden çok istiyordum hem de... Bir kadın olmalıydı ve bana her gün kendini yazdırmalıydı. Bir gün gülüşünü yazsam ama bir gün yetmez bazı gülüşlere... Bir ömür gülüşünü yazsam da bıkmasam, bir adam daha ne ister ki?...

– Anne şimdi uyuyalım ama yarın bana nasıl tanıştığınızı da anlatacaksın.

– Anlatırım oğlum, sen yeter ki dinlemek iste...

– Dinlerim anne, tabii ki dinlerim.

– O zaman uyuyoruz.

– Tamam anneciğim...

O gece karanlığa değil de anneme yumdum gözlerimi... Bir evlada vermek için anne kokusundan daha büyük bir hediye bulunamazdı...

***

Sabah uyandığımda annem çoktan kalkmış ve kahvaltıyı hazırlamıştı. İlk defa annemin de sofrada bulunduğu bir kahvaltı yapacaktım ve bu benim için kocaman bir mutluluktu. Dedem sıcacık ekmekler elinde kapıdan içeri girdi ve kahvaltıya başladık. Bu dünyanın en güzel kahvaltısı olmalıydı ama yine de bir eksik vardı, babam. Kaleminden aşk döken o adam kim bilir neler neler yazıyordu ama ben okuyamıyordum. Kahvaltının ardından bahçedeki salıncağa oturup annemle konuşmaya başladık ve ben dün gece yarım kalan tanışma hikâyesini dinlemek istediğimi söyledim.

– Madem istiyorsun anlatayım küçük bey.

– İstiyorum tabii ki anne ama öncesinde sen kahvelerimizi yap ben de fırından kurabiye alıp geleyim. Özlemişsindir sen...

– Çok yaşa oğlum, hadi herkes görev başına o zaman...

Balat'ta çok güzel kurabiye yapan bir fırınımız var. Annem de dedem de çocukluklarında buradan kurabiye yemiştir. Tabii ben de eksik kalmadım. O kurabiyeleri yeseniz bana hak verirsiniz. Hepsi birbirinden güzeldir. Galetaları de ayrı güzel ve ben en çok anasonlu galetalarını severim. Kurabiyeleri alıp eve geçtiğimde annem kahveleri çoktan hazırlamış ve salıncağın sağ tarafına oturmuştu bile... Hemen kahvemi alıp yanına oturdum.

– Hazır mıyız küçük bey?

– Evet.

– O zaman başlıyorum. Şimdi baban beni çarşıda görmüş beğenmiş ama yanıma yaklaşamıyor tabii...

– O niye?

– Eee Sade Kemal'in kızıyım. Nasıl yaklaşsın adam, haber göndermeye bile korkuyor. Her çarşıya indiğimde babanla karşılaşıyorum. Dedim bu kadar tesadüf olamaz. O zamanlar gençlik var güzel de sayılırım.

– Güzel sayılmak mı? Anne sen hâlâ çok güzelsin.

– Teşekkür ederim oğlum. Baban ben yine çarşıya indiğim bir gün peşimden koşar adımlarla geldi ve bir kâğıt uzatıp, bu sizden düştü sanırım diyerek elime tutuşturdu.

– Kâğıtta ne yazıyordu?

– Al oku bakalım.

– Bu o kâğıt mı?

– Evet, oku...

Böyle şeyleri pek beceremem ama size yazmak istedim. İzniniz olursa, karşılıklı susmak isterim sizinle…

Gün doğumundan günbatımına kadar.

Ve yine kabul ederseniz tüm günlerimi size bağışlayarak…

Çırpınışlarımı değerlendirecek ilgilerinize

en içten saygılarımla…

– Karşılıklı susmak da neyin nesi?

– Susmak oğlum, bildiğin susmak.

– İyi de bir adam neden susmak ister ki?

– Ben de bunu öğrenmek için babanla görüştüm.

– Sonra?

– Sonrası sen işte...

– İlk görüşmeniz nasıldı anne onu anlat.

– Anlatayım da pek bir şey olmadı. Sustuk.

– Sonra?...

– Sonra yine sustuk. Oturup sustuk tabii... Ne konuşacağız ki zaten? Babanda çıt yok. Ben desen konuşacak bir şey yok ki... Bir o susuyor bir ben... Sıralı susmak diye bir şey var oğlum. Gözlerinle bakıyorsun böyle aklını başından alan o insana... Ve yine gözlerinle diyorsun ki:

"Sen yeterince sustun, biraz da ben susayım." Ardından başını öne eğiyorsun, uzaklara dalıyorsun, bazen gökyüzüne bakıyorsun ama hep susuyorsun... Ta ki sıran gelene kadar. Sen sustukça o konuşuyor sanki, oysa konuşan yok ortada ama her an minik de olsa bir söz söyler de ya duyamazsam diye çıtın çıkmıyor. Yeterince sustuğunu düşündüğünde ise şöyle bir an evet küçük bir an gözleri gözlerine geliyor ve sıra ona geçiyor. Şimdi sen konuş konuşabilirsen... Mümkün mü? Boş versene sus işte...

– Susmanın bu kadar güzel olabileceğini hiç düşünmemiştim anne...

– İki insan karşılıklı asırlarca konuşabilir oğlum ama susmaya, susarak konuşmaya kimse o kadar tahammül edemez. Biz ettik ve sonunda da evlendik. Tabii o zorlu süreci başka bir zaman anlatırım...

– Nasıl istersen anneciğim...

Susarak sevmenin ne olduğunu o gün öğrendim. Annemden ve babamdan...

Yedinci Bölüm

Kendine başka bir hikâyede yer arayanlar,
kendi hikâyesini yazmaktan korkanlardır.

Ben senin hikâyenim...

On yedi yaşında anneme kavuştum ama babama kavuşmak için önümde uzun yıllar vardı. Belki de hiç kavuşamayacaktım. Yanına gitmeye cesaret edemiyordum, zaten babam da benimle cezaevinde görüşmeyi asla kabul etmiyordu. Sadece mektuplaşıyorduk ve gökyüzüne notlar bırakıp oyunumuza devam ediyorduk.

Yıllar geçiyordu ve ben yirmi yedinci yaşımda annemden ikinci ayrılışımı yapıp yine bu adaya gelmiştim. Kaçtığım bu yer bana kendimi iyi hissettiriyordu. Üniversite eğitimim bitmişti ama mesleğim dışında her şeyi yapmıştım. Bir depoda koli taşımak, kitap satmak, garsonluk gibi kendimden uzak işlerde kendimi arıyordum. Bunun tek bir nedeni vardı o da insanlar arasındaki çıkarlardan ve konumlara göre verilen değerlerden uzak kalmaktı. Bir depoda koli taşıdığımda kimsenin benden bir beklentisi olmuyordu, sadece benimle ben olduğum için konuşuyorlardı ve benim en sevdiğim şey buydu. Ben olabilmek.

***

Adadaki dördüncü günün sabahında mail kutuma gelen bir mesajla uyandım. Mesajı gönderen Buket'ti. Mesaj atmasını çok beklemiştim ama kendimden ödün vermemek adına bir mesaj göndermemiştim. O geceki konuşmanın ardından gelen bu mesaj beni şaşırtmamıştı.

Gökyüzüne tuttuğu kâğıtta sağ el başparmağı görünüyordu ve bu sarı kâğıtta sadece "Küs müyüz?" yazıyordu.

Hemen elime bir kâğıt alıp üzerine şunları yazdım:

"Küsmek için çok erken, henüz yeterince susmadık bile..."

Gökyüzüne Not

O zaman buluşalım demesiyle birlikte kendimi Çanakkale yolunda buldum. Kitabı da getirmemi istemişti. Kendi kitabımdan sınava tabi tutulurum diye otobüste hızlı hızlı yine okudum. Otogarda beni bekliyordu.

– Hoş geldin Bay Sade...

– Hoş bulduk Buket. Nasılsın?

– İyiyim, sen de iyi görünüyorsun.

– Ben de iyiyim, zaten bir sorun yok.

– O zaman güzel. Şu son yazdığın not neydi öyle, küsmek için çok erken henüz yeterince susmadık bile ne demek?

– Karşılıklı susmaktan bahsediyorum.

– Susalım o halde ama ben sıkılırım.

– Sıkılmadığın gün susarız o zaman.

– O da olur. Peki neden ben çağırdığım anda yanıma geldin?

– Bilmiyorum.

– Bilmiyorum mu?

– Evet. Peki sen neden çağırdın beni?

– Kitabı almak için.

– Gerçekten bu mu yani?

– Hı hı...

– Kargo şirketlerinden haberin yok sanırım. Kargolayabilirdim.

– Böylesi daha iyi diye düşündüm.

– Ona da peki. Ben gideyim o zaman.

– Olur da bir kahve ısmarlamam lazım sana.

– Nedenmiş o?

– Borçlu kalmak istemem.

– İnsanların hiçbir karşılık beklemeden bir şeyler yapabileceğine inandığın gün karşılıklı bir kahve daha içeriz.

– Bazen kitap gibi konuşuyorsun. Bu arada kitap nasıldı?

– İdare eder.

– Sen sevmedin bu adamın yazdıklarını...

– Sen seviyor musun?

– Bazen beni anlattığını ve yazılarında kendimi bulduğumu inkâr edemem. Ayrıca hoşuma gidiyor. Özellikle sana verdiğim kitabı çok samimi değil mi?

– Samimi evet ama ortalarda olmayan bir adamdan bahsediyoruz. Var mı yok mu belli bile değil...

– Belki de onu çekici yapan bu. Belki şimdi karşımda oturan o olsa umurumda olmaz. Yani onu hem merak ediyorum hem de böyle gizli kalmasını istiyorum.

– Biz hep bu kitapların yazarını mı konuşacağız seninle?

– Hayır tabii ama ne konuşalım onu da bilmiyorum.

– Bizi konuşsak?

– Hangi bizi?

– Olmayan bizi...

Olmayan şeyler üzerine saatlerce konuşabilecek bir potansiyele sahip olmuşumdur her zaman... Bir şey olmayacaksa mutlaka beni bulur. Bu konuda herhangi bir hedefi ıskaladığım olmamıştır.

– Hadi kendini anlat...

– Her görüşmemizde en baştan başlarsak muhtemelen bütün ömrümüz böyle geçer.

– Ne iş yapıyorsun?

– Proje danışmanlığı...

– Anladım. Ben de birkaç sınav sonra mezunum.

– Çok güzel... Hadi bir şeyler yapalım.

– Ne yapacağız ki burada? Burası küçük bir yer.

– Pamuk şekeri sever misin?

– Severim.

– Tamam bugün kendimize bir pamuk şekerci bulalım ve pamuk şekeri yiyelim.

– Sonra?

– Sonra ayrılırız.

Banka oturduğumuzda yanımda o vardı ama benim yanımda onun olmadığını anlamam gecikmedi.

– Erkek arkadaşım bana hiç pamuk şekeri almadı.

– Sevgilin mi var?

– Daha fazlası desek doğru olur.

– Nasıl?

– Evlilik düşünüyoruz.

– Ne mutlu size...

– Sen?

– Bende bir şey yok. Yalnızım.

– Sen de tam yalnız tipi var biliyor musun? Bence sen evlenemezsin.

– Bilemeyiz tabii ama ben de öyle düşünmeye başladım son zamanlarda...

– Bir daha görüşmezsin sanırım benimle.

– Neden?

– Bir sevgilim olduğu için.

– Bence sevgilin yok ama kırılmış bir kalbin var.

– Nereden anladın bunu?

– Altını çizdiğin cümlelerden.

– Bana bir pamuk şekeri daha alır mısın?

– Tamam alıyorum hemen...

Sırt çantamdan bozuk para kesemi çıkaracağım sırada çantamdaki dostluk mamalarını gördü.

– Kedi maması değil mi bunlar?

– Evet?

– Ne yapıyorsun bunları?

– Yiyorum Buket. Pamuk şekeriyle birlikte inanılmaz güzel oluyor.

– Şaka değil mi?

– Sokak hayvanları için küçük bir yardım diyelim.

– Hiç öyle birine benzemiyorsun.

– Sanırım seninle konuşmalarımız hep böyle geçecek. Yaptığım her davranış için yüzüme bakıp ama hiç öyle birine benzemiyorsun Bay Sade diyeceksin.

– Bilmem bazen diyebilirim. Şaşırtıyorsun beni.

– Severim.

– Günün sonuna geldik sanırım. Herkes ait olduğu yere gitse iyi olacak gibi... Bu arada ben sınava girdim ve yarın akşam dönüyorum. Sen daha ne kadar buradasın?

– Gerçekten mi? Ben de yarın akşam dönüyorum.

– Bilet aldın mı?

– Henüz değil, akşamüzeri alırım diye düşündüm.

– Beraber alalım o zaman.

– Memnuniyetle Bayan Mavi...

Benliğimin dışında hareket ediyordum. Onun hikâyesinde kendime bir yer arıyordum. Belki de ikimiz için yeni bir hikâye yazmak istiyordum. Bu sefer yazacağım hikâye aynı zamanda benim de hikâyem olabilirdi. Mutlu olsam da olmasam da bu benim hikâyem demek istiyordum. Dünyada tek bir hayat yaşayacaksak eğer ve sonunda biten bizim hikâyemiz olacaksa yaşadığımız hikâye de bize ait olmalıydı.

O gün eve geçip içimden gelen her şeyi yazmak istedim. Ondan habersiz onu yazıyordum, hem de bir gün tüm bu yazdıklarımı okuyacağını bile bile...

Sırt çantamda her zaman babamın anneme yazdığı yazıların bir nüshasını taşırdım. Onların yaşadığı aşk bana hep ilham kaynağı olmuştur. Elimi çantama atıp babamın anneme yazdığı notlardan birini okumaya başladım.

"Küçük bir mucize istiyorum. Senin yanımda olduğun ve benim sadece sana ait olduğum bir mucize. İkimiz için yazılmış ama ikimizin de okumadığı bir kitap, bize birbirimizi anlatan ama dinlemeye korktuğumuz bir şarkı ve hiç bakmadığımız ama içinde sadece ikimizin olduğu bir fotoğraf.

Ve her şeyi bir kenara bıraktığımda sen benim için bir devam filmisin... Bir filmin ikincisi ya da üçüncüsü gibisin ama seni ilk gördüğüm o an filmin başlangıcı ve bir filmin ikincisini ne kadar seversen sev hep ilkinden başlarsın. İşte bu neyin devamı olduğunu merak ettiğin içindir. Ben senin devamın olmak istiyorum."

Gökyüzüne Not

Bu yazıların hepsinde kendi aradığım aşkı buluyordum. Ben de hep bunları hissetmek istemiştim ve tam da o an Buket'i hayatımın merkezine koymuştum. Onun için yaşamak ve onunla mutlu olmak dışında hiçbir şeye ihtiyacım yok gibiydi... Bir şeyler yazdıktan sonra İsmet'i arayıp İstanbul'a döneceğimi söyledim. Size İsmet'ten hiç bahsetmedim çünkü sıra gelmedi. İsmet de benim gibi sıradanlığın içinde kaybolmuş ve kendi hikâyesini arayan bir adam. Hayatlarımız birbirine benziyor ve onun için tek güvendiğim dostum diyebilirim. İsmet ile bizi en çok yakınlaştıran şeylerden biri de birkaç ay önce Balat'ta açtığımız iki katlı ve cumbalı küçük kafemiz. Bu kafeye gelen hiç kimse sahibini bilmiyor. İsmet de ben de garson gibi kafede çalışıyoruz ve bu durum bizi çok mutlu ediyor.

Yalnızca beş masamız var. Bu masalardan iki tanesi aşağıda üç tanesi ise üst katta bulunuyor. Mavi yuvarlak masalarımız ve yine maviye boyanmış taburelerimiz var. Tabii en önemli şey kafemizin adı: "Gökyüzüne Not."

Çay, kahve ya da herhangi bir içecek isteyen herkesin içeceğinin yanına küçük notlar yazıp öyle ikram ediyoruz. Onlar da bizim gibi bazı notlar yazıp kafemizdeki çeşitli yerlere yapıştırıyorlar. Bu küçük oyunu ne kadar sevsem de bazen uzaklaşmak iyi geliyor çünkü babamı hatırlatıyor ve zaman zaman özlemimi artırabiliyor. Ve bu durumlarda da küçük kaçışlar yapıyorum. Zaten çözülemeyecek sorunlar birikince insanın tek yapacağı şey kaçmak oluyor.

Bu kaçış bu sefer çok uzun sürmedi çünkü dönmem için bir neden var. Ve o nedenin adı da Buket. Onunla bir ilişkinin en güzel evresindeydik. Adı konmamış her şey adı konulan şeylerden daha çekicidir çünkü sevgiliniz olmayan birinden ayrılamazsınız ama onunla sevgili olabilirsiniz. Bu düşünce bile beni mutlu ediyordu.

Bozcaada'ya bu gece veda ediyordum. Elime bir kâğıt alıp içimden gelen ne varsa yazdım, ona verebilmek ümidiyle...

Merhaba gökyüzüm...

Aslında ben tüm notlarımı gökyüzüne not diyerek sana yazdım. Yani seni beklemişim. Şu an beni düşünüyor musun bilmiyorum. Açıkçası ne yaptığını da merak ediyorum. Gerçek kimliğimi sana söylemeye korkuyorum. Kitaplarını okuduğun adam olmaktan korkuyorum. En çok da seni kaybetmekten...

Hikâyemi bilsen belki bana hak verirsin. Neden gizlendiğimi, neden böyle yaşadığımı da anlarsın. Bunları sana ne zaman anlatırım bilmiyorum ama umarım bunları öğrendiğin gün yine yanımda olursun. Ne olduğumuzun önemi yok. Seninle sonsuza kadar otobüs yolculuğu yapabilirim. Pamuk şekeri de yiyebiliriz. Yapacaklarımızı sen belirleyebilirsin. Benim belirlemek istediğim tek şey koltuk numaralarımız olur. Cam kenarı yine senin olsun mesela... Ben koridor tarafında da olabilirim. Sana açılan herhangi bir koridor...

Bana hayatında bir yer ver. Senin hikâyen olmak istiyorum.

Deniz Bulut Sade

Hayatınızın ne zaman değişeceğini bilemiyordunuz, karşınıza kimin çıkacağını da... Ben senin hikâyenim ve sen bir hikâyenin çok ötesindesin...

***

Yine sabaha karşı uyumuştum ve uyandığımda saat akşamüzeri dörde geliyordu... Adadan ayrılıp otogara doğru yola koyuldum. Gözlerinde boğulduğum kadınla yeni bir yolculuğa çıkmak için...

Sekizinci Bölüm

Bir hikâyenin sonuna gelmediğiniz sürece neresinde olduğunuzun pek bir önemi yoktur.

Sen bir hikâyenin çok ötesindesin...

Saat on bir olduğunda otogarda Buket'i beklemeye başlamıştım bile. Hem de elimde bir buket çiçekle...

Otobüsün kalkmasına yarım saat kala o da otogara geldi. Onun gelişini beklerken bir şişe sade soda iki fincan kahve bitirmiştim. Masanın ortasında bir buket çiçekle sevgilisini bekleyen bir adam imajı çizmekten öteye gidemiyordum. Bu imajı sevmiştim. Elimde çiçekle kimseyi beklemedim ben, bu ilkti. Bir kıza nasıl çiçek verilir bilmiyordum ama deneyecektim... Ta ki onu görene kadar...

– Aaa ben.

– Ne sen?

– Buket işte. Elinde tuttuğun buket.

– Evet senin adını tutuyorum.

– Çok klişe ama olsun.

– Ne olsun?

– Çiçekler diyorum çok klişe ama yine de teşekkürler...

– Anneme çiçek almamın neresi klişe sevgili arkadaşım?

– Annene mi aldın?

– Tabii ki Buket. Bozcaada'dan İstanbul'a ne zaman dönsem anneme çiçek alırım ben. Bu bir çeşit gelenek bizim ailede.

– Ben de çiçek almaya alışkınım da biraz...

– O zaman az çok fiyatları bilirsin, otuz lira verdim bu bukete. Kazıklandım gibi ama olsun.

– Yok ya öyle değil. Erkeklerden çiçek almaya alışkınım. O yüzden çiçekler benim için sandım. Gerçekten bana almadın mı?

– Buketciğim çok tatlı, şirin ve sempatiksin ama uzatmasak diyorum. Çiçekleri anama aldığımı ispatlamak için noterden yazı mı getireyim?

– Tamam tamam. Bir şey demedik.

– Tamam o halde. İstersen otobüse binelim belki İstanbul'a gitme fikrinde bir değişiklik olmamıştır.

– Of Bay Sade... Kafam allak bullak bir de sen üzerime gelme.

– Neyin var ki?

– Yok bir şeyim yok. Çiçek olayına bozulmuş olabilirim.

– İstersen bir tane vereyim?

– İstemem sağ ol.

İyi toparlamıştım. Şimdi bu çiçekler senin için desem büyük rezillik olacaktı. Beni sıradan bir adam gibi görecekti. Hem ben nereden bileyim bütün adamların bu kıza çiçek aldığını?... Böyle adamlar kalmış mı yahu diye düşünüp durduğum sırada gözlerime bakarak sordu:

– Hiç konuşmuyorsun Bay Sade?

– Konuşuruz, daha otobüs bile hareket etmedi ama illa muhabbete başlayalım diyorsan başlayayım.

– Başla bakalım.

– İstanbul'a mı?

– Hı hı...

– İyi ben de İstanbul'a... Özlemişim yârimi be.

– Ne yâri?

– İstanbul benim biricik yârimdir Buket. Her yanı insan dolsa yine severim o şehri. Yerini hiçbir yer tutmaz.

– Benim için de öyle. Eee İstanbul'a gidince ne yapacaksın?

– Arkadaşımın kafesinde garsonluğa devam...

– Bunun için mi okudun? Yani garsonluk için üniversite mezunu olmana gerek yok diye biliyorum.

– Bu kafe biraz farklı, yüksek lisans istiyor ama ben tanıdık vasıtasıyla girdim.

– Hadi ya?

– Ciddi değilim Buket. Lütfen şaşırma artık korkutuyorsun beni.

– Dalga geçme benimle o zaman.

– Anlaştık.

– Kulaklık aldım.

– Hayırlı olsun, güle güle kullan...

– Bu kadar mı?

– Ne diyeyim başka? Otogarda anons yaptırıp Buket kulaklık almış, bir alkış da ona gelsin lütfen mi diyeyim?

– Sade sen bugün biraz başkasın. Şarkı dinleyelim demek istedim. Üstelik bunun teki bozuk değil. İkimize de yeter. İstediğin bir şarkı var mı?

– Var. Aşkın Nur Yengi'den *Sıramı Bekliyorum*. Bu şarkı benden tüm sırasını bekleyenlere gelsin.

– Hiç dinlemedim.

– İyi işte dinlemiş olursun.

Şarkıyı dinlerken Buket cebinden küçük bir not kâğıdı çıkardı ve üzerine şunu yazdı:

"Yüreğine yazıldım bekliyorum sıramı.
Kalpten kalbe dolaş gel, bende son bulacaksın."

Gökyüzüne Not

– Sevdin mi şarkıyı?

– Yok ama verdiğin mesajı sevdim.

– Hayırlısı tabii Allah büyük...

Ne söyleyeceğimi bilemediğim zamanlarda hayırlısı derim çünkü hayırlısı tam bir çözüm kelimesidir. İçinde kötülük ve olumsuzluk barındırmaz, aksine umudu büyütür insanın içindeki... Otobüs hareket etmeye başlamıştı ve yarım saat içinde yine muavin burnumuzun dibine gelmişti.

– Buket Hanım ne içersiniz?
– Şekersiz kahve.
– İyi o zaman muavine söyleyiniz.

Gülümsedi. Yüzünde oluşan bu aptallığı seviyordum. O da sevmişti benim bu hallerimi... Adı her neyse artık belki doğaldım belki de samimi... Ne olursa olsun ben onunla böyleydim. Kucağımda bir çiçek buketi yanımda ise gerçek bir Buket'le yolculuğun tadını çıkarıyordum.

– İki şekersiz kahve alabilir miyiz?
– Tabii buyurun...

Kahvelerimizi almıştık, tabii bir de yanında keklerimiz vardı. Şarkı seçme sırası ondaydı.

– Sıradaki şarkı da benden kalbindeki gerçeklerin üzerini örtüp sonsuza kadar yalnızlığı seçenlere gelsin.
– Çok şükür...
– Ne çok şükür ya?
– Sıradaki şarkı diyorum, bana gelmiyor çok şükür.
– Neden? Sen kalbindekini pat diye söyler misin?

– Pat diye söylemem ama illa ki uygun bir ortam ve zaman yaratırım.

– Zamana bırakıyorsun yani?...

– Zaman zaman...

– Şarkıyı söylesem mi?

– Bence söyleme telefondan açalım.

– Of Sade of! Söylüyorum. Harun Kolçak'tan *Yanımda Kal.*

– Kalırım yeter ki sen iste...

– Şarkının adı o ama istersen kalabilirsin tabii...

– Vallahi mi?

– Yani evet.

– Tamam ben biraz düşüneyim bu konuyu.

– Olur düşün sen. Bir yandan da şarkıyı dinleyelim...

Buket ne kadar hoşuma giderse gitsin böyle bir konuda balıklama atlayamazdım. Gerekirse her şeyi içime atar kendi köşeme çekilirdim. Kadınları tanırdım az da olsa... Hiçbiri tam anlamıyla kendi yönetimlerindeki bir ilişkiyi istemezdi. Belki de istemez gibi görünürlerdi. Sanırım ikincisi daha doğru. Kadınlar ilişkilerde erkeklere göre daha yetenekli. Biz kendimizi tutamazken onlar biraz daha iyilerdir bu konuda. Bana gelince ben de idare ederim. Buket'i idare edip edemeyeceğimi ise hiç bilmiyordum. Şarkı biter bitmez ilk sorusunu sordu:

– Çalıştığın kafenin adı ne?

– Gökyüzüne Not.

– Kafenin adı da mı Gökyüzüne Not? Kim buldu bu ismi?

– Ben buldum. Beğenmedin mi?

– Çok beğendim, çok orijinal.

– Gelirsin artık bir gün.

– Bugün mü? Gelirim tabii... Kahvaltıyı orada yaparız.

– Bugün mü?

– Evet sabah yedide İstanbul'da olsak... Kafe kaçta açılıyor ki?

– Biz ne zaman gidersek... Anahtarlar bende.

– İyi o zaman güzel bir kahvaltı hazırlarsın.

– Hazırlarım, özel bir isteğin var mı?

– Sahanda yumurta isterim.

– Ben de demli bir çay isterim.

– Çayları ben yaparım.

– Bir zahmet.

– Sana kızamıyorum.

– Duruma göre ben kızabilirim.

– Duruma göre konuşuruz bunları. Uykum geldi.

– Uyu o zaman.

– Yastık yok da... Cam da çok soğuk, hem buharlanmış. Omzunuz müsait mi Bay Sade?

– Omzum sizindir. Güle güle kullanın...

– Teşekkür ederim, uyudum ben.

Omzumda uyuyordu...

Bazı cümleler var görünüşte çok kısa ama hissettiğinizde bir insan ömründen daha uzun. İşte bu cümle de onlardan biriydi. Belki tüm ömrüm olacaktı belki de bu otobüs yolculuğu bittiğinde o cümle de ömrünü tamamlayacaktı. O uyurken İsmet'e mesaj atıp, sabah sekiz gibi kafede olacağımı ve yanımda da Buket'in olacağını söyledim. O kim diye sormadı. İsmet'e istediğim şeyleri söyledikten sonra sabahı beklemeye başladım.

Geceleri uyumayan adamlardık. Ya gecelerin bizimle ya da bizim gecelerle bir sorunumuz vardı. Belki de hiçbiri... Sadece geceleri seviyorduk. Gündüzün karmaşasından iyiydi. İsmet sabah için kafeye çekidüzen verecekti. Çayı yapacaktı, fırından sıcacık, çıtır çıtır simitler alıp koyacaktı kahvaltı sofrasına ve sonra da gidecekti... Bizi güzel bir gün bekliyordu. En azından öyle umuyordum.

***

Saat dört gibi uyanacak oldu. İçimden Allahım inşallah uyanır dedim çünkü omzumu geri istiyordum, iyice ağrımaya başlamıştı. Rabbim sesimi duymuş olacak ki mavi gözleri açıldı ve esneyerek suratıma baktı, o sihirli soruyu sordu:

– Sen uyumadın mı?

– He uyudum he... Kızım omzum koptu nereye uyuyorum?

– Eee yerinde duruyor işte.

– Buket parası neyse verelim sen espri yapma.

– Olur. Parası neyse ben de vereyim sen de şu omzunu bana ver.

– Verdim gitti. Paraya gerek yok.

– İyi o zaman cam kenarına sen geç, ben biraz da sol omzuna yatayım. Uykum var hâlâ...

– Olur öyle yapalım. Diğer omzum da vefat etsin, hak geçmesin.

– Çok komikli adamsın sen.

– Öyleyimdir.

Komik tarafım da vardı elbette... Ailemin başına gelenleri ve yaşadıklarımı bir anlık da olsa unuttuğumda güzel eğlenceli şeyler yazabiliyordum. Muhabbetim de güzel oluyordu.

– Uyumasan olmaz mı Buket?

– Olur da neden uyumayayım? Omzunu düşündüğün için mi yoksa konuşmak mı istiyorsun?

– Tabii ki omzumu düşünüyorum.

– Kabasın.

– Şakaydı, konuşmak istiyorum.

– Konuşalım.

– Bana kendinden bahseder misin?

– Bu saatte mi?

– Yani bence güzel bir saat ama sen ne istersen onu yapalım.

– Uyuyalım.

– Tamam.

Uyudu. Bense onu izledim. Gece uykusuzluğuna alışkın değildi. Birbirimize benzemiyorduk ama ben onunla benzemek istiyordum. Ona benzemek isterken ben de uykuya dalmışım. Muavinin sesiyle uyandık...

İkimiz de aptal gibiydik. Bana bu iki üç saatlik uyuma hiç iyi gelmemişti. Bir kahve içsem belki kendime gelirdim. Onun da ayılmak için bir kahveye ihtiyacı vardı. İkimizin de valizi olmadığı için rahatça hareket edebiliyorduk. Sırtımızda çantalarımız, benim elimde ise fazladan bir buket çiçek vardı.

– Bir kahve?

– İyi olur Bay Sade.

– Hemen geliyorum. Çiçeği tutar mısın?

– Tabii ki...

Kahvelerimizi içtikten sonra bir taksiye binip Balat'taki kafenin yolunu tuttuk. Balat'a geldiğimizde saat sekiz buçuk civarıydı. İçim hiç rahat değildi çünkü ona hâlâ kim olduğumu söylememiştim. Söylediğimde bu büyünün bozulmasından korkuyordum. Biz çok güzeldik...

Ve belki de sadece böyle güzeldik.

Birbirimizi hiç tanımadan...

Dokuzuncu Bölüm

Ne balığın yeri akvaryum ne de kuşun yeri kafes…
Peki senin yerin belli mi? Sakın uzaklaşma benden,
en uzak mesafemiz yine olsun bir nefes…

En uzak mesafe...

Balat'ın tarih kokan havasına karışmıştık işte... Burası benim için tarihten de öte çocukluk kokuyordu. Çocukluğum... Doğduğum büyüdüğüm yer. Haliç başkadır, yaşamayan bilmez buraları çünkü değmemiştir elleri Haliç'in kirli sularına... Gezmemiştir sahilinde ve oturmamıştır o yalnızlık kokan banklarında... Anlatılmayıp yaşanan bir yerdir burası... Her ne kadar bazen "Yaşamasan, sadece geçip gittiğin bir yer olsa güzel yer" desek de İsmet'le...

– Aaa sanırım şurası değil mi? Gökyüzüne Not yazan yer senin çalıştığın kafe?

– Vallahi Buket üç yaş ileriden gidiyorsun. Allahım nazarlardan saklasın. Hemen de orası olduğunu anladın. Evraklarını getir sana burs vereceğim çocuğum.

– Ne bursu ya?

– Üç yaş ileriden gitme bursu Buketciğim.

– Benimle uğraşma, ben de güzel bir şey diyeceksin sandım. Şu çiçeği de sen taşısan artık.

– Olur vallahi özlemişim buketimi...

– Beni de özleyen birileri olur mu acaba?

– İnanırsak olur.

– İnanalım bari.

Kafenin önünde yine kedilerimiz bekliyordu. Her sabah bu saatlerde gelirlerdi mutlaka... Sırt çantamdan onların mamalarını çıkarıp verdim. Onlar için yaptığım her şey beni rahatlatıyordu. Hayvanları çok seviyordum. Mamalarını verdikten sonra Buket'e döndüm:

– Kafeye benim gibi gir tamam mı?

– Nasıl?

– Benim gibi zıplayarak.

– O neden?

– Bereket zıplayışı diyorum ben buna. Kimi esnaf sağ ayağıyla girer bazıları ise sağ ya da sol fark etmez deyip paldır küldür dalar dükkâna... Ben dükkâna iki ayağımla girerim, zıplayarak...

– Çok düşündün mü bunu?

– Düşünmeyi pek sevmem. Anlık bir fikirdi bu, sevdim ve uyguluyorum.

– İyi bakalım zıplayalım. Hop...

– Eh güzel zıpladın sayılır. Olacak olacak...

– Olmazsa ders verirsin Bay Sade.

– Hallederiz.

Kafeye girip üst kata çıktığımızda her şey hazırdı. İsmet'e söylediğim ne varsa yapmıştı. Sıcacık simitler ve çok güzel bir kahvaltı sofrası bizi bekliyordu. Çayımız da demlenmişti. Buket bana döndü:

– Bu ne şimdi?

– Kahvaltımız işte. Seni yormak istemedim.

– Kim hazırladı ama?

– Diğer garson arkadaşım yaptı. Çok yorgun olduğumuz için ondan rica ettim.

– Burada mı?

– Gitmiştir. Kapıyı kapatsam rahatsız olur musun? Kafeyi açık sanıp birileri gelmesin.

– Kapatabilirsin.

Kapıyı kapattıktan sonra Buket'le birlikte üst kata çıktık. İsmet bizim için üst kattaki üç masadan cumbanın oradakini hazırlamıştı. Sandalyelerimizin hemen arkalarında sehpalar vardı. Onun arkasındaki sehpanın üzerinde köşede bir akvaryum duruyordu. Benim arkamdaki sehpanın üzerinde ise bir kafes vardı.

O bilmese bile, onun arkasında annem vardı... Benim arkamda ise babam. O bilemezdi de zaten bunları çünkü bu hikâye onun değil benimdi. Annem denizdi ve akvaryum onun için oradaydı, babamsa gökyüzü yani kafes... Ne akvaryumun içinde balık vardı ne de kafesin içinde kuş. Herkes özgürdü. Yılları çalınan annem ve yılları çalınmaya devam edilen babam dışında herkes özgürdü. Bense kilitlenmiştim çoktan kendi ruhuma...

– Arkandaki yazı? Kimin o yazı?

– Babamın bir yazısı...

– Neden kafesin içinde?

– Çünkü gelip çıkarmasını bekliyorum.

– Baban nerede ki?

– Şimdi nasıl söylesem... Cezaevinde ama bu konuda konuşmasak olur mu? Kahvaltımızı yapalım. Mesela şu zeytin özeldir.

– Ne özelliği var ki?

– Aslında bir özelliği yok ama benim karşımda yiyeceğin ilk zeytin olacağı için özel işte. Karşılıklı birer zeytin yer miyiz? Bak bunu daha önce kimse yapmamış olabilir. Ne dersin?

– Bu güzel bir şey bence. Hadi o zaman.

– Bu zeytini seni tanıdığım günün şerefine yiyorum.

– Ben de öyle Bay Sade... İyi ki tanımışım seni.

– Teşekkür ederim. Allah razı olsun.

– Ben teşekkür ederim de, ilginçsin sen ya.

– Ne bileyim. İlk defa birinden iyi ki tanımışım seni cümlesi duyuyorum. Ne diyeceğimi bilemedim.

– Allah senden de razı olsun.

– Âmin cümlemizden.

Babamın gökyüzüne doya doya bakacağı günü bekliyordum. Onlara kendi ellerimle çay demleyecektim bu kafede ve o günler gelene kadar Buket'le birlikte annemle babamın varlığını burada yaşatacaktım. En çok bunu istiyordum. Hem de Buket'in ne istediğini bilmeden...

– Bu notlar ne?
– Kafede çay kahve içenlerin bıraktığı notlar...
– Gökyüzüne mi?
– Buradaki tüm notlar gökyüzüne gider.
– Bir not bırakma hakkım var mı?
– Elbette...

"Yediğim en güzel zeytindi."

Gökyüzüne Not

– Sıra sende...
– Peki, yazıyorum...

"Kâğıda yazılan her şey bir gün kalbe ulaşır mı?"

Gökyüzüne Not

Adı konmamış bir ilişki her zaman güzeldir ama bazen insan bir ad koymak istiyor. Belki sen benimsin demek için belki de tutup ellerinden yürümek için... Binlerce neden bulunabilir ve bir insan bir insana her an âşık olabilir. Sadece zeytin yerken bile...

Hissettiklerimin ne olduğunu bilmeden sevdim ben onu. Çoğu insan aşkı tanımlarken ben tanımlayamadıkça hissettim onu... Bazen arkasından bakmayı bazense yanımda oturuşunu sevdim. Kaybetmekten korkmak da önemli bir etkendi ve tüm bunlar yaşadığım bu sevdaya dahildi. Onun bilmediği şeyler belki de bildiğinde bizleri uzaklaştıracaktı. Uzaklaşmak... Ne kırıcı bir cümle. Hem de omuzlarımda uyumuşken.

İnsan sayısız insan sevebilir ama birinde kalıp aşktan da ölebilir. Bu bedenen bir ölüm değil elbet. Ben seninle öldüm artık dünya üzerindeki hiçbir insandan beklentim yok demek. Ben seni öyle sevdim. Tüm dünyaya gözümü kapatıp sadece sana açarak. Ben seni sevdim ve tüm cesaretimi toplayıp sana söylemek istedim.

– Kahvaltımız bittiğine göre gideyim... Bizimkiler merak eder.

– Evet ama bir kahve içmeden mi gideceksin?

– İçelim tabii.

Bu sefer kahveyi onun gözlerinden içmiştim. Susarak sevmiştim işte onu. Gerçek sevgi tam da annemin anlattığı gibiydi. Susarak konuşuyordu. Hatta öyle ki sıralı susmuştuk. Olur iş değildi bu. Karşıma çıkmıştı işte seveceğim ve sonsuza gideceğim kadın.

– Yalnız bu kahve soğudu Bay Sade.

– Yenisini yapayım hemen.

– Yok onun için demedim. Senin pek sevmediğin ama benim çok sevdiğim bir yazar der ki: *Sonra bir kahve iç ama herkesle kahve içilmez, unutma. Sadece âşık olduğun insanla kahve iç. Onu izlerken kahven soğusun, soğuk kahveyi sırf onun yüzünden sev...*

– Ben de sevebilirim belki bu adamı.

– Sen bilirsin. Bana müsaade artık.

– Peki, teşekkür ederim.

– Ben de...

Aşağıya inip kapıyı açtım ve gidişini izledim. Birinin arkasından ilk defa bakıyordum. İçimde kalan bir şeyler olması bu gidişi anlamlı kılıyordu. Attığı her adım sanki bir ömür gibiydi. O saniyeler içinde uzaklaşacaktı oradan ve ben cümlelerimle baş başa kalacaktım. Çiçeğim de cabası...

Hayatımda ilk defa bir kıza çiçek almıştım ve o çiçeği sırf ben sürekli çiçek alıyorum dediği ve basit bulduğu için vermemiştim. Sıradan olmak istemiyordum. Normalde sıradanlığı kabul edebilirdim ancak onun karşısında nedense kabul edemiyordum. Beni bir şekilde farklı bulsun ve sevsin istiyordum. Attığı her adımda ona yeni bir şiir yazıyordum.

Belki de bir daha bu kadar yakın olamayacaktık. Belki de bugün benim son şansımdı. Derin bir nefes aldım. Kazanmakla kaybetmek arasında kalan bir yarışmacı gibi hissettim o an kendimi. Zaten herkes ya kazanırdı ya da kaybederdi. Beraberlikler karşılıklı kayıplardı hep.

Yine beni bana boğduran düşüncelere kalmıştım. Bir futbol maçı geldi aklıma... Kaybedilen üç puan ve son dakikada atılan golle kazanılan bir puanı düşündüm. Her takım beraberlikle bitirdiği maçta bir puan kazanırdı ama maçı kazanamadığı için iki puan kaybederdi ve kaybedilen ne kadar çok olursa olsun kazanılanla mutlu olunurdu. Belki kazanırım diye düşündüm ve tüm bu düşüncelerim onun attığı birkaç adımlık zaman diliminde gelişti. Bir puana razı kümede kalma mücadelesi veren bir takımın teknik direktörü gibi bağırdım o an...

"Buket seni seviyorum."

"Yarın beraber koşalım mı?"

O an Buket de arkasını dönüp o soruyu sormuştu ve dudaklarımızdan süzülen kelimeler gökyüzünde çarpışmıştı. Aklımdan binlerce şey geçti. Söylediğimi duymamış olmasını ümit ettim ama duymuştu. Gülümsedi.

– Yarın sekizde Belgrad'da?
– Anlaştık.
– Bekletme beni sakın.
– Merak etme...

Duymuş muydu acaba?

Aklında bir soru varken insanın gün bitmezdi ama ben hemen yarın olması için hiçbir şey düşünmemeyi bile göze alabilirdim...

Onuncu Bölüm

Zaman bir şekilde geçer ama yanında kimlerin kalacağına zaman değil sen karar verirsin...

Zaman zaman değil hep yanımda kal...

Kahvaltının ardından eve geçtim. Annem beni gördüğüne çok sevinmişti. İyi göründüğümü söyledi. İyiydim. Bu yolculuğun bana bu kadar iyi geleceğini hiç düşünmemiştim. Elimdeki çiçeği anneme uzattım.

– Bunları babam gönderdi. Seni çok seviyormuş.

– Canım oğlum...

Annemin sıcaklığını hiçbir şeye değişmezdim. Babamın sıcaklığını da çok merak ediyordum ama elimden bir şey gelmiyordu. Son çare cezaevine gidip onunla görüşecektim. Görüşmeye gelmesi için yalvaracaktım. İnatçıydı. Görüşmeyecekti ve haklıydı. Oğlunu demir parmaklıkların arkasından görmek istemiyordu. Oğlunu gördüğünde bir daha geri dönmek istemiyordu. Bunun için temelli kurtulması gerekiyordu ve bu cezanın bitmesine daha çok zaman vardı.

Telefonum çaldı. Arayan İsmet'ti. Görüşelim mi diye sordu. Nerede diye sormadım. Olur dedim. Saat iki gibi uygun mu dedim. Üç olsun dedi. Kabul ettim. En kolay anlaşabildiğim insandı. Ne o bana soru sorup beni yoruyordu ne de ben onu sorularla yoruyordum.

Saat üç gibi her zaman buluştuğumuz bankta buluştuk. Kafemiz olmadan önce hep Sarıyer'deki bu bankta oturup konuşurduk. Şimdi yine öyle yapmıştık. O bank bizimdi, tapusu belediyede de olsa bizimdi.

– Mama var mı çantanda kardeşim?

– Var kardeşim.

– Şu bankın yanına biraz koysana güvende olalım.

– Kedilerle mi?

– Hayır tabii ki Deniz. Yaptığımız iyiliklerle...

– İyilik evet, bizi bundan başka bir şey koruyamaz.

– Anlatacak mısın?

– Anlatayım. Kızı Çanakkale otobüsünde tanıdım. Alttan bir dersi varmış sınav için gidiyormuş. Bir şekilde yan yana geldik. Olmayacak bir iş işte... Sonra da kahvaltıya davet ettim.

– Buraya kadar her şey tamam ama senin biriyle olmana şaşırdım.

– Ben de şaşırdım ama kalp söz dinlemedi.

– Âşık mı oldun?

– Aşk demeyelim de, evlenelim dese halay bile çekerim.

– Eee âşık olmuşsun oğlum sen.

– Yok be İsmet. Aşk değil de, hep yanımda olsun istiyorum.

– Aşk ne ki başka?

– Bilmiyorum ki. Âşık olmuşsam da iyi yapmışım.

– İyi yaptın tabii kardeşim. Kız ne durumda peki?

– O da iyi.

– Öyle değil. Âşık mı sana?

– Bilmiyorum. Yarın koşuya çağırdı.

– Peşimden mi koş demek istiyor acaba?

– Vallahi ben de öyle düşünmedim değil açıkçası.

– Koşu mu kaldı bu devirde Deniz? Ben sadece biz koşuyoruz sanıyordum.

– Biz sağlıklı yaşam koşusu yapıyoruz. Kız peşinde koşanları sayarsak bu ülke az atlet yetiştirmemiştir kardeşim.

– Sen de atlet olma da paşam.

– Olmam paşam merak etme. Ben en son ikinci sınıfta bir kızın peşinden koştum o da mendil kapmaca oynuyorduk. Bize gelmez öyle şeyler.

– Güzel sevdim bunu. Yarın gidecek misin koşuya?

– Giderim ayıp olmasın. Onu bırak da kafe nasıl gidiyor? Her yer not dolmuş.

– İnsanlar sevdi bu fikri ama genelde kapalı tutuyorum.

– Öyle yapalım İsmet. Ben ikimiz takılırız diye açalım dedim bu kafeyi...

– Ben de öyle düşündüm zaten. Olmadı tadilat nedeniyle kapalıyız deriz. Altına da Gökyüzüne Not yazarsak kimse sorun yaratmaz.

– Baktık çok kişi gelmeye başlıyor o şekilde yaparız.

– Oldu o zaman Deniz'im. Var mı bir isteğin?

– Yok kardeşim senin?

– Eyvallah, haberleşiriz...

– Eyvallah...

Biraz tek başıma yürüdükten sonra akşamüzeri ben de eve geçtim... Anneannemin soyduğu elmalardan yiyip dedemle biraz sohbet ettikten sonra anneme sarılıp odama çekildim ve bir şeyler yazmaya başladım. Her gün illa ki bir şeyler yazardım. Binlerce sayfalık yazılar biriktirmiştim. Bir gün ben ölsem bile okunur diye düşünüyordum...

Buket'e mesaj atıp sabah seni nereden alayım diye sordum. Sen neyle geleceksin dedi... Arabayla da gelebilirim motorla da ama araba daha iyi olur diye düşünüyorum dedim. Tamam ben senin çalıştığın kafeye gelirim beraber çıkarız dedi ve sabah yedi buçuk için sözleştik.

***

Sabah kafenin oraya gittiğimde Buket çoktan gelmişti.

– Bu araba kimin ya?

– Babamın.

– Çok tatlı bir şey bu.

– Öyledir kendileri, seviyoruz.

– Kimi?
– Arabamızı.
– Neden Vosvos?
– Bilmem babamın tercihi... Ondan bana kaldı işte.
– Hadi binelim o zaman.
– Hadi...

Arabaya binip Buket'in kapısını açtım ve Kemerburgaz'a doğru yola çıktık. Arabada hemen hemen hiç konuşmadık. Belgrad Ormanı'na geldiğimizde arabadan inip yürümeye başladık. Hava çok güzel değildi ama yağmurlu olmaması iyi olmuştu.

– Koş bakalım Bay Sade...
– Koşalım Bayan Mavi...

Yaklaşık on dakikalık bir koşunun ardından hafif tempolu bir yürüyüşe başladık. Nefes nefese kalmamıştık ama ikimiz de yorulmuştuk.

– Dün ne söylemiştin sen?
– Sen ne duydun?
– Ne söyledin işte tam anlamadım.
– Ne anladıysan onu söyledim Buket.
– Deniz lütfen tekrar eder misin?
– Ederim de... Peki ediyorum. Seni seviyorum Buket.

– Ne zaman oldu bu?

– Omzuma yattığında...

– Yatmasaydım sevmez miydin?

– Severdim sanırım.

– Net olsan biraz daha.

– Kesin severdim de, peki sen?

– Ben bir şey söyleyemem...

– Nedenmiş o?

– Henüz erken değil mi?

– Erken de kaç gibi söylersin öğleden sonra mı yani?

– Of Deniz! Seni sevmesem şu an burada olmazdım değil mi?

– Sen daha iyi bilirsin bunu.

– Ben de sevdim seni. Eee kalbin nasıl, yoruldun mu, hızlı çarpıyor mu?

– Seni düşünürken daha hızlı çarpıyor.

– Utandırma.

Yüzü kızarmıştı ama bu hali bile çok güzeldi. Elimi ona doğru uzattım. O gün ilk kez elimi tuttu ve parmaklarımızın arasındaki boşluk birbirimize olan sevgimizle doldu.

Yürüyüşümüzün ardından güzel bir kahvaltı yaptık ve Sarıyer'de sahilde bir bankta oturup sodalarımızı içtik. Ona kim olduğumu söylemekten korkuyordum ve bu korku içimde sürekli büyüyordu. Beni böyle sevmişti peki o halimle de sever miydi diye düşünüp duruyordum. Sodalar bitti ama benim düşüncelerim bitmedi.

Bir hikâyeye dahil olmak için tamamen yalansız mı olmak gerekiyordu? Ben bir yalandan ibarettim belki de... Ona söylemediklerim birer yalandı ama aslında ona hiç yalan söylememiştim. Bazen söylemediğiniz şeyler de bir yalana dahil olabiliyor.

Biz böyle çok güzeldik ve bu güzelliğin bozulması için tek bir neden bile yoktu. Seviyordum ve seviliyordum, dünyadaki en güzel şey buydu. Daha da güzeli babama kavuştuğum an olacaktı ama ona daha çok vardı...

Her geçen gün daha da yakınlaşıyorduk. Birbirimizi kaybetmekten korkmaya başlamıştık ve daha da ötesi... İnsan sadece dört haftadır tanıdığı biriyle evlilik düşünür mü? Biz düşündük. Buluştuğumuz günlerden birinde sahilde yürürken bana dedi ki:

– Deniz var ya erkekler çok şanslı.

– Ne ilgisi var ya?

– Çok ilgisi var.

– Ne mesela?

Bir kere ister evlenin ister evlenmeyin illa bir düğününüz oluyor ama bizim öyle değil.

– Sünnet düğünü mü?

– Evet. Haklıyım.

– Tamam haklısın da bunda kıskanılacak bir şey yok. Sizin düğününüz kadar güzel olmuyor sonuçta... Biraz acılı geçiyor.

– Olsun düğün düğündür. Biz kadınlar bir düğün yapmak için ömrümüz boyunca adam gibi adam arıyoruz siz öyle misiniz? Güzel bir düğün için ihtiyacın olan tek şey sünnetçi...

– Bulamadın mı adam gibi bir adam?

– Buldum da, konuşamıyor.

– Nasıl?

– Evlilik teklifini utanmasam ben edeceğim diyorum. Adam sadece elimi tutup yürüyor.

– Ben?

– Başka kim olacak Bay Sade?

– Hazır değilimdir belki.

– Neye hazır değilsin?

– Korkuyorumdur ya da kaybetmek istemiyorumdur imzasız olan bu aşkı belki de...

– İmzasız aşk mı olur ya?

– Uzat kolunu.

– Uzattım.

– Al sana imza.

– Koluma imza da atarmış. Aynı cesareti belediyenin önünde de görmek isteriz beyefendi.

– İmzalarım yani ne var ki?

– Evleniyoruz o zaman.

– Ne zaman?

– Zahmet edip istemeye geldiğiniz zaman.

– Seviyorum seni.

– Benim kadar değil adamım.

– Evet çünkü çok daha fazlası...

Her şey öylesine güzeldi ki, mavinin her tonunu beraber yaşıyorduk. Beni cesaretlendiriyordu. Normalde yalnız başıma yaptığım ne varsa artık onunla yapmak istiyordum.

– Bugün vapura binelim mi?

– Neden?

– Çünkü bugün seni iki mavinin arasında sevesim var. Denizin hemen üstünde gökyüzünün biraz altında...

Gülümsedi...

– Neden gülümsedin?

– Hangi kadın buna bir cevap verebilir ki?

– Sen verebilirsin bence...

– Nasıl bir cevap mesela?

– Ne münasebet dersin mesela... Ne münasebet efendim sevmeyin beni öyle olur olmadık yerlerde. İki mavinin arasıymış. Tost muyum ben beyefendi kendinize gelin.

– Öyle mi derim?

– Öyle dersin.

– Haklısın galiba.

Güldü... İşte en sevdiğim şey de buydu, gülüşü...

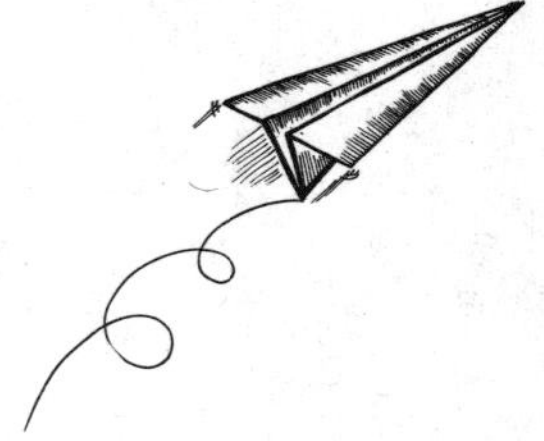

On Birinci Bölüm

Gökyüzü ile denizin birleştiği o yerde yaşamak isterdim seninle... Uzaktan çok yakın, yakından çok uzak... Tıpkı bizim gibi...

Onca mesafeye rağmen...

İçinde yalan olan hiçbir hikâye sonsuza dek sürmezdi ve ben de bir yalanla yaşayamazdım. O kitapları yazan adamın ben olduğumu ona söyleyecektim. Nasıl bir tepki vereceğini bilmiyordum ama bu açıklamayı yapmaya mecburdum. Evlenmeyi düşündüğüm o kadını hayatıma bir yalanla birlikte alamazdım. Sonuçta tüm bunları nikâh masasında öğrenecek hali yoktu ve artık konuşmalıydım.

Sabah evden çıkmadan önce annemle konuştum. Durumu önceden de anlatmıştım ona ama bu sefer yolun sonuna gelmiştim.

– Neden bu kadar sıkıntı yapıyorsun oğlum, o seni sevdi. Kim olduğunun ne önemi var ki?

– Sen olsan anne? Sen ne yapardın?

– Çok kızardım ama affederdim.

– O affeder mi sence?

– Eder oğlum çünkü sen söylüyorsun, başka birinden öğrenmiyor bunu.

– Peki anne... Dua et benim için...

Bana hediye ettiği saat kolumdaydı. Zaman daha değerliydi artık benim için ve her an onu hatırlıyordum. İnsan unutamadığı ve aklından çıkaramadığı birini de hatırlayabilir. Deli gibi yağmur yağıyordu. Şemsiyem elimde yürüyordum. O da mor bir şemsiyeyle gelmişti... Saçları ıslaktı ve üşüyordu. Ben de öyle...

Sahilde yürümeye başladık. Yağmur biraz hafiflemeye başlayınca biz de rahatlamıştık. Konuya bir türlü giremiyordum. Bir an durdum:

– Ya ben seni öyle böyle sevmiyorum.

– Nasıl seviyorsun?

– Haddinden fazla.

– Beni kimse böyle sevmedi ki? Sizinki de biraz hadsizlik bayım.

– Ne yapayım elimde değil...

– Eee sen bana ne söyleyecektin?

– Beni ne olursa bırakırsın?

– Neden bırakayım seni be?

– Bırakmazsın değil mi?

– Bırakmam.

– İyi o zaman.

– Söyle!

– Ne?

– Söyle hadi!

– Seni asla incitmek istemedim. Seni kandırmak gibi bir amacım da yoktu. İlk tanıştığımızda bu o kadın dedim. Bu ömrümün sonuna kadar seveceğim o kadın. Ne olduğunu bilmiyorum ama sende beni çeken bir şey vardı. Bana iyi geldin. Zaman geçirdikçe sana söylemem gerekenleri daha çabuk söylemek istedim ama bu giderek zorlaştı.

– Deniz neler oluyor?

– Her an aklımdasın, senden başka bir şey düşünemiyorum ve seni çok seviyorum. O kitaplarını okuduğun adam benim. Senin gizemli yazarın işte... Çok üzgünüm başka bir şekilde öğrenmeni istemedim. Daha önce söylemeliydim biliyorum ama olmadı işte...

– İnanmıyorum sana... Sen ciddi misin? Daha ne kadar yalan söyledin acaba? Proje danışmanlığı, garsonluk, kafenin elemanı olmak... Ne aptalmışım ben. Böyle bir adamla olamam anlıyor musun. Sana bir daha güvenemem, seninle olamam.

– Gerçekten çok üzgünüm. Açıklamama izin ver. Sana söylemek istedim ama yapamadım o zamanlar...

– Gitmem gerek. Beni sevmene izin verdiğime inanamıyorum.

Hiçbir şey yapamadım. Gitti.

O günden sonra onu defalarca aradım.

Açmadı...

Mesajlarıma cevap vermedi...

Gökyüzüne bıraktığım notları okumadı.

Ama ben hep yazdım.

Bazen ona yazdım bazense onu...

Bulduğum gibi kaybetmiştim onu. Güven sorunu olduğunu bildiğim için korkmuştum ve korktuğum da başıma geldi. Gitmişti işte... Kırık kalbim artık daha da parçalanmıştı. O komik yanımın sadece onun yanında çıktığını fark etmem pek uzun zaman almadı. Yorulmaya başladım ve tüm enerjim düştü. Onsuzluk diye bir şey varmış, eksik olmasın onu da öğretti.

Kaç kere kırılırım daha diye düşünmedim. Bir an onunla birlikteyken yazdığım ne varsa çöpe atmayı düşündüm, kıyamadım. Evlenmeyi hak etmesek bile bir kitap olmayı hak etmişizdir diye düşündüm. Bana ikimizi anlatamayan o kadın ve mavi bir kadının hikâyesine karışamayan bir adamın romanı olmalıydı bu. Adını hayat bir şekilde koyardı.

Artık onunla göz göze gelecek kadar yakın bir merhaba diyemeyecek kadar uzaktık. Biz olmaktan hiç olmaya gitmiştik. Hayat bir anda değişiyordu ve kendi hikâyenizi yazmadığınız sürece hiçbir hikâyenin kahramanı olamıyordunuz. Tıpkı benim gibi...

Bu ayrılığın ardından tam on altı gün geçmişti. İkimizin ortak maili geldi aklıma ve içimden gelen ne varsa yazdım. O güne kadar içimde tuttuğum ne varsa döküldüm...

En zoru da insanın gözlerinin içinde boğulduğu mavi kadını bir daha görememesi...

Şimdi ben sana nasıl anlatayım bilmiyorum. Farklı yollar denemem lazım yoksa sen inadına beni anlamazsın. Bana her şey lazım bu hayatta ama her şeyden biraz lazım, senden daha fazla... Her şeyden biraz daha fazla...

Maçın seksen dokuzuncu dakikasıdır hani, sen futbolla ilgilenmezsin ama anlatayım ben yorulmam. Bir gol atması lazımdır tuttuğun takımın yoksa elenecektir. O an gözler dördüncü hakemde olur, maç kaç dakika uzayacak acaba diye bakar ya herkes hani... Ben seni her gördüğümde o hisle bakıyorum işte, sanki o son golü atamazsam seni kaybedecekmişim gibi...

Bir de şöyle anlatmayı deneyeyim...

Eskiden belki çocukluğunu düşünsen hatırlarsın, eskiciler vardı. Evdeki eskileri verirdi anneannelerimiz, karşılığında mandal, kova, leğen gibi şeyler alırlardı. Eski bir ceketi vardı dedemin, "Hanım bunu eskiciye ver karşılığında istediğin o yeni leğeni alırsın" demişti. Anneannem o ceketi vermedi mesela onun yerine eski kovasını kullanmaya devam etti. Akşam dedem eve geldiğinde çamaşırları eski leğenin içinde görünce, "Almadın mı leğeni?" diye sordu. Anneannem de, "Bu leğen beni daha idare eder hem senin ceketin de eski sayılmaz. Her şeyi geçtim sen bu ceketi çok seversin, o yüzden kimseye veremem" dedi.

İşte sen benim için o ceketsin, bu dünyada kendinden başka bir karşılığın yok... Ne olur bu cümleyi hisset.

Kendinden başka karşılığın yok senin. Yani ben de seni bir başkasına veremem.

Hâlâ anlamadıysan, bir de şöyle düşün mesela...

Güneş doğar ama sokak lambası yanmaya devam eder ya hani... Bilmez neden yandığını ve faydası bitmiştir artık çünkü yoktur ortada bir karanlık. Ben o sokak lambasıyım işte. Seviyorum seni ama bilmiyorum ne işe yaradığını. İhtiyacın olsa da olmasa da seviyorum. Niyetim karanlığın aydınlansın değil, bir karanlığın var mı onu da bilmiyorum. Niyetim bir yerlerde senin için yanmak işte...

Anlamak istemezsin bilirim. Biliyorum yani ne desem boşa... Sen beni sevmiyorsun, sevmezsin de... Özetle durumum pek iç açıcı değil... Hakem uzatmaları oynatmaz, kadının biri çıkar bir leğen için vefasından vazgeçer, gün doğar ama sokak lambası hep yanar ve sen gidersin ama adamın biri seni sevmeye devam eder...

Gökyüzüne Not

O gece sabaha kadar bekledim ama bir cevap gelmedi. Aradan geçen günlerde de beni umursamadı. Birkaç günün ardından kendimi tutamayıp yeniden yazdım. İnsan gururunu bazen görmezden gelmeliydi. Hatalıydım ve belki de geri dönüşü yoktu ama en azından kendi içim rahat etsin diye yazıyordum. Belki de artık kendime bile itiraf edemediğim sevgimden yazıyordum her şeyi...

Çıkmaz sokaklara itme beni...

Nasıl bir çaresizlik istersin. Böyle iyi mi? Çok daha fazlasını da yaşayabilirim. Bu seni mutlu eder mi bilmiyorum ama beni ediyor. Bedenen çok iyi görünebilirim ama ruhum hasta ve artık bir tedavisinin olacağını düşünmüyorum. Kaybettiğim her şey evet her şey benden küçük de olsa bir şeyler aldı. Tüm bunları inkâr edemem ama ben böyle bir kaybediş bilmiyorum. Yolum diyorum, yolum açık olsun istiyorum ama senin olmadığın herhangi bir yere tek bir adım dahi atmak istemiyorum.

Tam şu an evet...

Şu an ölmeliyim hatta belki de öldüm.

Bir daha kimseye alışamam ki ben.

Bir daha birine sarılıp da sen benimsin diyemem.

Anlayamazsın.

Anlatamadığımdan değil.

Ve keşke anlatamadığımdan olsaydı...

Binlerce kez yeniden anlatmayı denerdim seni nasıl sevdiğimi ama anlayamazsın işte...

Bazen anlatılmaz, yeni bir yol da çizilmez.

Gördüğün ilk yola sırf bir şeylerden kaçmak için de olsa girilir. Ve o yol dünyanın en güzel denizine de çıksa, yanımda sen olmadıktan sonra çıkmaz bir sokaktan farkı olmaz.

Dön...

Gökyüzüne Not

Sanki mail kutusundan çıkmıyormuş gibi hemen cevap verdi:

"Bir daha sana güvenemem. Kendine başka bir hikâye bul!!!"

Gökyüzüne Not

Bir şey diyemedim. Benim için bir hikâyenin çok ötesindeydi ama ona bunu anlatamadım. Günler günleri kovaladı ama ben ona bir daha yaklaşamadım.

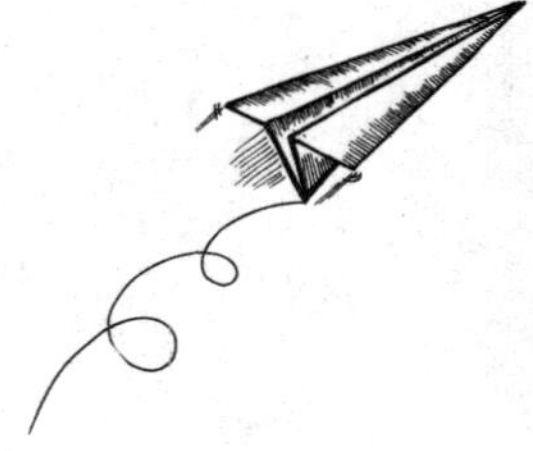

On İkinci Bölüm

İnsan kaybetmeyi de bilmeli ama bu durumu sadece kazanmak için yapacak hiçbir şeyi kalmadığında kabul etmeli...

Seni mi kaybediyorum yoksa kendimi mi bilmiyorum. Bildiğim tek şey ikimizin bu hikâyenin sonunu yazamadığı...

Ne olursa olsun seni seveceğim çünkü insan hayatında binlerce kez bu duyguları yaşayamıyor. Ait olamadığın ben tam anlamıyla sana ait olmuşken gidişini izlemek de ayrı bir mutsuzluk. Üzülüyorum ve elden bir şey gelmedikçe hepten artıyor bu üzüntü... Senden bir haber beklemek ve sessizce kalmak, yapabileceğim tek şey bu.

– Bitti anne.

– Nasıl bitti?

– Her şey bitti işte. İçinde Buket olan ne varsa bitti.

– Sevmiyor musun artık onu?

– Seviyorum.

– O zaman bitmemiş demek ki oğlum. Yapacak hiçbir şeyin yok mu yani?

– Bilmem. Güvenmiyor artık bana.

– Güveni kırılan bir kadını geri döndürmek zordur ama imkânsız değildir. O seni seviyor mu Deniz?

– Bunu bilemem ki. Sanırım sevmiyor.

– Neden?

– Sevse böyle yapmazdı.

– Asıl sevse böyle yapardı o da böyle yapıyor. Kırıldı oğlum sana, sakın pes etme...

– Denerim anne...

– Ben biraz dolaşayım belki kafeyi açarım.

– Aç aç, değişiklik yap biraz kapanma eve...

– Tamam anne...

Yapacak başka bir şeyim yoktu zaten. Yeni bir kitap yazmıştım ama yayımlatıp yayımlatmamak konusunda kararsızdım. Geri dönerse yayımlatacaktım, dönmezse de o kitabı yakacaktım. Aklımdaki tek şey buydu. Kafeyi açıp oturmaya başladım. Aradan biraz zaman geçtikten sonra İsmet de geldi. Beraber oturup birer kahve içtik. Tabii bir de İsmet'in getirdiği kurabiyeler. Ayağımızda uğur mu vardı bilmiyorum ama kafe yine dolmuştu. Öyle ki İsmet'le oturduğumuz masadan kalkmak zorunda kalmıştık.

Kapının dışına iki tabure atıp oturmaya başladık. Herkese farklı fincanlarda kahveler veriyorduk ama çay bardaklarımız standart ince belliydi ve çay tabaklarımız da kırmızı beyaz kahveci tabaklarındandı. Bu sıradanlığı ve farklılığı seviyorduk.

– Saat kaç oldu Deniz?

Bu saat Buket'in hediyesiydi. Aklımdan çıkmışken şimdi yeniden onu düşünmeye başlamıştım. Saati verirken zaman sana beni hatırlatsın demişti. Tam da istediği gibi oluyordu. Zaman geçtikçe biten ilişkilere inat zaman geçtikçe ona daha da çok bağlanıyordum. Hem de benim değilken...

Kafede sürekli bir müşteri değişimi yoktu. İki saat hatta bazen üç dört saat kadar oturan insanlar oluyordu. Zamanın nasıl geçtiğini anlamıyordum.

– Ayrıldık biz.

– Nasıl ya?

– Kim olduğumu söyledim. Artık bana güvenmiyor.

– Şimdi sana klasik bir tesellide bulunmak isterdim ama yemezsin sen.

– Neymiş o?

– O kaybetti kardeşim. O düşünsün.

– Evet yemedim. Çünkü ikimiz de biliyoruz ki, bir ilişki bittiğinde kaybeden her zaman iki kişidir, kazanan da...

– Yolun sonu mu yani?

– Sanırım.

– O halde oralet içelim.

– Peki.

Neden oralet içeceğimiz konusunda bir fikrim yoktu ama biz birbirimize hiç soru sormazdık ve yine sormamıştık. Çay bardağında iki oralet getirdi İsmet. Portakal renginde... Yanında da paketi açılmamış bir pötibör bisküvi...

O an sekizinci yaşıma döndüm. Dedemle ne zaman Balat'taki tarihi hamama gitsek çıktığımızda mutlaka kahveye uğrardık. Kendine demli bir çay bana da turuncu bir oralet söylerdi. Paketi açılmamış bir de pötibör bisküvi alırdı bakkaldan... Dünyanın en mutlu çocuğu olurdum.

Dedem çayından ilk yudumu alana kadar ben de bisküvinin paketini açardım. Sonra aldığım ilk bisküviyi ikiye böler oraletime batırırdım. Dedem de benim gibi yapardı. Benimleyken benim gibi davranırdı. Bu bana daha iyi hissettiriyordu. Kahvenin ortasında çayına bisküvi batıran bir adam ve yanında yine oraletine bisküvi batıran bir çocuk. Aynıydık dedemle... O istediği için aynıydık, benim daha rahat olmam için.

Çocukluğum ve gençliğim dedemle geçti. İlk âşık olduğumu hissettiğimde dedemden gizleyemedim. Lisedeydim o zamanlar, çekti beni köşeye, iyi misin oğlum bir sorun var mı diye sordu. İyiyim diyebildim. Belki de âşığım demek istemişimdir. Derslerinle neden ilgilenmiyorsun, sıkıldın mı dedi, durumu açıklayamadım. Sonra sormak istedim:

– Dede bu aşk nasıl bir şey?

– Ben de bilmiyorum ki oğlum, kalbi sıkıştırıyormuş öyle dediler bize...

– Kim dedi?

– Kitaplar, filmler, şarkılar...

– Bana bir şey demediler ama aklım birinde takılıp kaldı. Sence bu aşk mı?

– Bilemeyiz.

– Neden?

– Tam bir tanımı yoktur bunun. Kimse bu konuda kesin şeyler söylemez çünkü her bünyede farklı bir etki yaratır.

– Ben âşık olabilir miyim?

– Olabilirsin ama bu aşk hayatının önüne geçerse mutsuz olursun. Aşk olsun bir yerlerde ama kendine ait bir hayatın olduğunu da unutma. En büyük acıları kendini unutup sadece başkaları için yaşayanlar çekerler.

– Peki dede.

İşte şu an, tam da şu an o acının sahibi bendim. Aklımda ondan başkası yoktu ve yine olmayan şey yanımdaki benliğiydi. Bu kadar varken nasıl bu kadar yok olabilmiştik anlamıyordum. Bir şeylerin bitebilmesi tabii ki mümkün ama her şeyi, yaşanan her şeyi hiç yaşanmamış saymak... İşte bu akıl alır şey değildi.

Kendimi toparlayıp ona son bir şeyler yazmak istedim. Aklının bir ucunda da kalsam bana yeterdi. Artık yoluma devam edecektim. Olmuyorsa olmuyordur deyip kabullenecektim.

Bir şeyler yazmaya başladım.

İçimden gelenleri mi döküyordum yoksa kendime yeni bir yol mu çiziyordum bilmiyordum.

Yazıyordum belki döner diye...

Belki döner de beni yeniden sever diye...

Belki bir otobüs yolculuğu daha yaparız

Belki de her şeyi unutur yeniden tanışırız diye...

İstersen yeniden tanışalım...

Benim de eksik yanlarım olmuştur mutlaka... Sana karşı, kendime karşı ya da ikimize karşı. Anlatamamışımdır. Söylemişimdir ama duyulmamıştır. Susmuşumdur da o da yetmemiştir. Sorun bendedir ama umursamamışımdır. Ben mükemmelim demiyorum ama eksiklerime rağmen de sevebilirdin beni diyorum. Dört dörtlük olmak için bu hayat fazla kısa değil mi sence de? Sonsuz bir hayat olsa da dört dörtlük olamam ki ben. Lütfen benden bunu bekleme.

Ben seni hiçbir zaman tepeden tırnağa sevemem. Gözlerinden elmacıkkemiklerine geçerken bile düşünürüm. Sen bilemezsin tabii gözlerinden gözlerimi ayırmayı... Dedim ya anlatamam bu olanları, işte o yüzden biraz eksik severim seni ben. Boynundan köprücükkemiğine geçerim de haberin olmaz. Onlarca boşluk bırakarak severim seni ben. Dönüp dönüp tamamlamak için. İşte bunu da sen anlamazsan ben hiç anlatamam.

Mücadele etmedin deme bana sakın. Saçlarımı kestirdim de fark etmedin deme. Beni bunlarla suçlama. Çiçek almadın deme bana. Sen zaten çiçeksin demeyeceğim öyle sıradan sevemem ben. Kadınlar çiçektir deyip geçiştiren adamlardan olamam çünkü bilirim ki kadın kadındır ve canı yandığında çok acımasızdır. Bir defasında saçlarını kestirdiğini fark etmedim yani ilk bakışta fark etmedim. Ve sen bunun için suçladın beni. İlk fırsatta yüzüme vurdun ama şunu unuttun be kadın. İnsan birinin gözlerinde boğulurken başka hiçbir yere bakamaz. Nereden bileceksin sen, benimki de laf işte...

Boğulan bilir de, boğan bilmez.

Aynada gözlerine bak benim için...

Sonra istersen yeniden tanışalım.

Gökyüzüne Not

On Üçüncü Bölüm

Başka yönlere giden insanlardık ve dünyanın yuvarlak olduğunu unutmuştuk.

Sıramı bekliyorum...

Aklımdaki her şeyden vazgeçmiştim artık. Dönüşü yoktu belli ki ve ben de beklemek konusundaki direncimi çoktan yitirmiştim. Belki kalbini kırmıştım ama her kalp kırıklığının bir tedavisi olabilirdi. O bu tedaviyi reddetti.

Yola çıktım ve kafeye doğru yürümeye başladım... Kafeyi açacağım sırada kapının önünde bekleyen Buket'i gördüm.

– Buket?

– Şey... Kitaplarını getirmiştim.

– Nasıl yani?

– Artık okumak istemiyorum bunları. Bu kitapları yazan adam öldü benim için.

– Sen bilirsin.

– Nasıl?

– Sen bilirsin işte. Okuma.

– Al o zaman.

– Benim değil o kitaplar. Ben sadece o kitapları yazdım. Eğer okuduysan senin olmuştur. Şimdi de illa bir yere bırakacaksan git bir okul kitaplığına falan bırak ya da bir bankın üzerine...

– Ben gidiyorum.

– İyi yolculuklar.

– Nereye diye sormayacak mısın?

– Madem istiyorsun sorayım. Nereye Buket Hanım?

– Kanada'ya... Dil okuluna...

– Başarılar dilerim.

– Tamam. Kendine iyi bak.

– Sen de Buket.

İşte bu sefer gerçekten gitmişti. Anlık bir kararla kafeyi kapatma kararı aldım. Yıllar boyunca gökyüzüne bıraktığım notların hiçbir faydası olmamıştı. İnsanları da böyle bir hayalle kandırmak istemiyordum. Neymiş efendim gökyüzüne notmuş. Çok saçma...

Bir banka oturup yaklaşık kırk beş dakika ağladım. Kimse neyim olduğunu sormadı. Bir sokak köpeği dışında... Yağan yağmura aldırış etmeden yanımda durdu. Benimle beraber ıslandı. Adın ne diye sordum cevap vermedi. Arkadaş olabilir miyiz dedim yine sustu. İşte tam bana göre biriydi.

Gidelim o zaman deyip başını okşadım. Yağmurun altında benimle yürüdü. Ona "Gökyüzüne Not" projemden bahsettim. Mantıklı olduğunu söyledi. Bu hoşuma gitmişti.

"Deli misin?" der gibi baktı.

"Hayır hayır ne delisi efendim. Bilirsin işte zaman zaman ağlayabiliriz" dedim.

Gülümsedi. Sonra ben de güldüm.

O bile Buket'i hatırlatmak istiyordu. Bir süre sonra gülmeyi bıraktık. "Sana bir ad bulalım mı?" dedim. Başını salladı. "Tamam o zaman artık senin adın Iska" dedim. Bu çok saçma der gibi baktı yüzüme ama sevmişti ismini...

Mutluluğu beraber ıskalayacaktık artık. Bu hayatta en iyi yapabildiğim şey buydu. Ve artık benim gibi ıskalama ustası biri daha olacaktı yanımda...

Iska'nın yanına çömelip boynunu okşadım ve parmağımla ona ileriyi gösterdim:

"Mutluluk bu yolun sonunda, koş Iska koş" dedim ve sahil yolunda koşmaya başladık. İnsanın ihtiyacı olan tek şey buymuş. Kendisini çıkarsızca sevecek biri. Tıpkı Bay Iska gibi...

***

İyice yorulmuştuk. Arkadaşımın da dili dışarıdaydı artık. İsmet'i arayıp senin pikaba atla gel, misafirimiz var dedim. Iska'yla onu bekledik. Geldiğinde arabamıza atlayıp İsmet'in köpek kuaförü olan arkadaşının yanına gittik. Iska temizlendi, gerekli aşıları ve bakımları yapıldı. Yine bir sokak köpeğine benziyordu ama artık biraz daha kendine güveni gelmişti. Sanırım sevildiğini hissetmişti.

İnsan sevilince değişir derdi dedem ama ben Buket'i severek de değiştirememiştim.

Akşamüzeri Iska'yı evin bahçesindeki garaja koydum ve ona bir tasma bağlamayacağımı, istediği zaman gidebileceğini söyledim. Sanki beni anlıyormuş gibi kafasını aşağı yukarı salladı. Allahım sen ne güzel bir dost gönderdin bana diyerek Iska'ya bir kez daha sarıldım, ardından odama geçtim. Gece boyunca yine sayfalarca yazdım. Bu bir hastalıktı evet babamdan bana kalan bir hastalık çünkü babam da böyleymiş. Bazı geceler uyumaz sabaha kadar bir şeyler yazarmış.

Yayınevinden yeni kitap için aramışlardı cevap vermedim çünkü ben böyle bir adamdım. Olduğumdan fazlası değildim. Bir şeyler bitmeden kimseyle görüşmezdim ve asla bir kitabı belli bir tarihe yetiştirmeye çalışmazdım. Kitap benim için çok özeldi. Ne zaman başlayacağına da ne zaman biteceğine de kendisi karar vermeliydi. Ben onun değil o benim sahibimdi. Gideceği yolu kendi çizerdi. Öyle ki hiçbir kitabımın sonuna ben karar vermedim. Bir gece ansızın kendi sonunu kendi yazdı o kitaplar... Sabah okuduğumda farkına vardım.

Bir şemaya bağlı kalarak yazamadım. Çemberin içine hapsolmadım. Çemberin dışına taşırdım ne varsa ben kendimi de kitaplarımı da böyle sevdim. Tabii bir de Buket'i böyle sevdim.

Buket resmen Balat'a benziyordu. Şimdi bir kadın Balat'a benzer mi demeyin. Benzer. Kadınlar da erkekler de şehirlere ya da semtlere benzeyebilir. Buket'i Balat yapan şey kusurlarının içindeki kusursuzluğuydu. Saksının değil de yoğurt kovasının içindeki bir menekşeyi düşünün. İşte Buket o menekşeydi. İnsan sevdiği kadını böyle anlatır mı demeyin. Ben anlatırım. Yoğurt kovasındaki menekşeyi sevdim ben. Adı da Buket'ti.

Mükemmel olmak güzeldir ama kusurların içindeki kusursuzluk çok daha güzeldir. Her an bakımlı saçlar değil de, rüzgârın estiği yöne giden saçlar mesela... Çocukluktan kalma bir yara izi... Dizkapaklarını süsleyen ona özgü bir iz işte. Ben bunları sevdim. Salına salına yürüyüşünü belki de... Savurgan hallerini de olabilir. Kahve içişini de yabana atamam. Gerçek şu ki ben onu olabildiği kadar geniş sevdim. Onun beni sevemediği, onun beni fark edemediği kadar çok sevdim.

Onu ne kadar çok sevdiğimi bir kez daha fark edince, bir şeyler yazıp yine göndermek istedim. Tutmadım kendimi zaten tutamazdım da...

Başka yönlere giden insanlardık ve dünyanın
yuvarlak olduğunu unutmuştuk.
Geç olsa da karşılaştık ve yaşanması gereken
ne varsa yaşadık. Belki de aynı yöne gitseydik hiç
karşılaşmayacaktık.
Ya ben senin arkanda kalacaktım ya da sen benim...
Bu hayattaki tek keşkem sensin.
Keşke diyorum keşke bu kadar çabuk bitmeseydik.

Gökyüzüne Not

Yazılarımın içinde artık biraz da o vardı. Kuşların geri dönmesini bekliyordum, o dönmese bile bir işaret gelir diye ümit ediyordum. Tam birbirimize göreydik çünkü susarak sevebilmiştik. Olur iş değildi hem de bu zamanda...

***

Bir gün bir sahil yürüyüşü sırasında hayalimdeki evlilik teklifini sormuştu bana.

– Küçük düşünüyorum ben bu konularda. Pek hoşuna gitmeyebilir.

– Nasıl küçük?

– Bayağı küçük işte, iki kişilik şeyler istiyorum. Çok fazla insanın dahil olmadığı sadece ikimize ait olan bir şeyler.

– Anlat işte ne mesela...

– Dükkândaki küçük televizyon mesela. Hani şu turuncu olan.

– Eee çalışmıyor ki o?

– Çalışmasın. Belki de çalışıyordur şimdilik dinlenmek istemiştir.

– Konumuzun o televizyonla ilgisi ne?

– Şimdi o televizyon pek değersiz görünebilir ama babamın anneme aldığı ilk ve son televizyon o. Ben o televizyonu düğün davetiyemin üzerine bastırmak istiyorum. Sonra da sevdiğim kadına vermek... İşte hepsi bu.

– İçinde ne yazacak o davetiyenin?

– Televizyonun ekranında “Ben hikâyemi buldum ve sonunu merak etmiyorum” yazacak.

– Hikâyeni buldun mu peki?

– Buldum.

– Kim?

– Yanımda yürüyor...

O aptalca bakışlarını unutamıyorum. Verecek bir cevap bile bulamamıştı o zaman... Şimdi ise uzağımda kalmanın savaşını veriyor. Hayat sen nelere kadirsin...

***

Uykusuz bir gece geçirmiştim yine ve bu gecenin uykusuz geçireceğim son gece olmayacağını biliyordum.

On Dördüncü Bölüm

İyi olan ne varsa eninde sonunda bitiyor ve sonuna geldiğimiz her şey bizi biraz daha yalnızlığa itiyor...

Küçük bir mucize...

Her şeyin bir zamanı var. Hiçbir şeyden emin değilken bile hayat güzel. Belki de hayat sadece birini severken güzel. Vazgeçtiğinizde hiç de öyle çekici gelmiyor.

Bugün bir mail daha göndermek istedim Buket'e ama mail adresine giremedim. Şifreyi değiştirmişti. Bir heyecanla aradım ama telefonu kapalıydı. İletilmemesine rağmen mesajlar gönderdim. Bitmiş miydi şimdi diye düşündüm. Kendime hapsedemediğim bu kadın çekip gitmiş miydi?

Sebepsiz terledim olduğum yerde ve kaybetmeyi kabul etmeye başladım ama vazgeçemedim. Gerekirse kapısının önünde beklerim dedim ama bekleyemedim. Benim yerime İsmet bekledi. Kanada'ya gitmemişti su perisi ama bana da dönmemişti. Aylarca uzaktan izledim onu... Sesini duymadan ve yüzünü görmeden...

Bunu cümlelerle anlatmak çok da olur iş değil. Yüzünü görmeden ve sesini duymadan onu sevmeyi öğrendim. Yokluğunda sadece yazılar yazdım çünkü yapabileceğim başka hiçbir şey yoktu. O bu yazıların hiçbirini okumadı ben de sadece yazarken okudum, onun dışında açıp bakmadım.

Aradan geçen zamanda kafeyi kapatmadım. Sık sık vapura bindim ve Adalar'ı ziyaret ettim. Deniz havası iyi geliyordu. Geçen tek şey zamandı, elbette ona olan hislerim hiç geçmiyordu. Bir gün birlikte olacağımıza inanıyordum ama o günün ne zaman geleceğini bilmiyordum.

Buket'e olan sevgimi Iska'ya veriyordum. Iska da kendine gelmişti artık. Birkaç ay içinde söz dinleyen ve sevgisini gösterebilen bir hayvan olmuştu. Gözlerinde korku yoktu artık. Cesurdu ve ben de onun gibi olmak istiyordum. Her şeyi bir kenara bırakıp Buket'in gözlerine cesurca bakmak.

Aradan tam yüz yirmi bir gün geçti. Sanki biz diye bir şey hiç olmamış ve bazı şeyler hiç yaşanmamış gibiydi. Ona ulaşabileceğim tüm yollar kapalıydı. Buna ayrılık da denmezdi aslında. İstenmiyordum ve sığınabileceğim tek şey kâğıtlardı. Sadece yazıyordum. Bazen de şiirlerin içine saklanıyordum.

Ah Bu Tekrarlar

Bir film izlerim, aklıma düşersin
Uykum gelir uyumam
Aklım sana gelmek ister de yerini bulamam...
Sen bilirsin diyemem
Bilmeni de istemem
Belki de dünyanın en şanssızı ikimiziz...

Ah! Ne de zor şimdi yeniden sevmesi
Ne de zor seni bir başkasında tekrar etmesi...

Birine olan sevginizi hiç başka birinde tekrar etmeyi denediniz mi? Ben denemedim. Deneyemedim. Aklıma kazınan bir kadın varken diğerlerini görmeye bile cesaret edemedim. Gözlerimi sadece ona açtım ve tüm dünyaya kapattım.

Şiirler yazdım. Kalbimin en derinlerinden çıkan ama ona bir türlü ulaşmayan.

Pek Mühim

Pek mühim şeyler değil, bu yaşanılanlar...
Masanın kısa bacağı yüzünden sallanması gibi
Bir kâğıdın sıkışmasıyla durması gibi...

Pek mühim şeyler değil bu olanlar
Kahvenin yarım kalması, göğsünün sıkışması gibi...

Pek mühim pek...

Üzerine yazılacak kadar mühim şeyler bunlar...
Seni severken başkasına sarılmak
Seni sararken kollarının arasına başkasını almak gibi...
Pek mühim bir meselem var benim
Sen gibi, senin gibi...

Ne kadar da mümkün değilsin sen öyle
Ne kadar da başkaları için yaratılmışsın
Sanki ipteki başka renk mandal gibisin
Ne kadar da benim değilsin...

Ne kadar uzak aramız
Ne kadar koşsam da gelemiyorum sana
Sanki bankta oturan bir yabancı gibisin
Ne kadar da benim değilsin...

Ne kadar karanlık bu geceler böyle
Ne kadar da toprağa benziyor ellerin
Sanki denizden sıkılmış bir balık gibisin
Ne kadar da benim değilsin...

Ne kadar da unutulmazsın sen
Ne kadar da silinip gitmez bir halin var
Sanki sesi sonuna kadar açılmış bir radyo gibisin
Ne kadar da benim değilsin...

Ne kadar da sırası gelmeyen biriyim ben
Ne kadar da yokuş aşağı koşan çocuklara benziyorsun sen
Sanki çimenlerin kesildiği andaki koku gibisin
Ne kadar da benim değilsin...

Ne kadar da aklım almıyor, aklımdan kopanları
Ne kadar da açtın aklımla kalbimin arasını
Sanki oyunbozan yaramaz bir çocuk gibisin
Ne kadar da benim değilsin...

Pek mühim şeyler değil bu olanlar demek isterdim
Ama pek mühim pek...

Seviyordum ve geçmiyordu. Alışmıştım bu halime ama yine de kabul edemiyordum. Bir çözümü olmalıydı. Güven tekrar kazanılan bir şey değildi belki ama ben onun güvenini kıracak bir şey yapmamıştım. Sadece kendimi itiraf etmekte biraz geç kalmıştım.

***

Sadece annemle ve İsmet'le konuşabiliyordum. Bir gün yine kafede İsmet'le konuştuğumuz sırada annem çıkageldi.

– Baban dönüyor Deniz.

Bir şey söyleyemedim. Babam geliyordu. Tek düşündüğüm şey buydu işte... Belki de umut ettiğim...

***

Birkaç gün sonra birlikte havalimanının yolunu tutmuştuk. Babama kavuşacaktım. Bunun ne demek olduğunu kelimelerle anlatmak o kadar zor ki... Babanızı sadece birkaç gün görmediğinizi düşünün, sonra biraz daha fazlasını ve biraz daha fazlasını... Aylardan çok daha fazlasını düşünün mesela... Birkaç yıl düşünün ya da boş verin düşünmeyin bu acı benimle kalsın.

Bebekliğimden bu yana tam yirmi yedi yıl sonra babam karşımda olacaktı. Dokunacaktım ellerine ve sarılacaktım kaçırdığımız onca yıla inat. Babam gibi kokacaktım ve yine ilk günkü kadar temiz bir aile olacaktık. Bunu istiyordum işte sadece bunu...

***

Sonunda kavuştum babama. Sarıldım. İlk defa dudaklarından süzülen oğlum kelimesini duydum. Adını ben koydum Deniz'im dedi. Sen benim gökyüzümsün dedi. Sarıldık. O an dünya durmuştu işte, sarıldık sadece tek bildiğim bu...

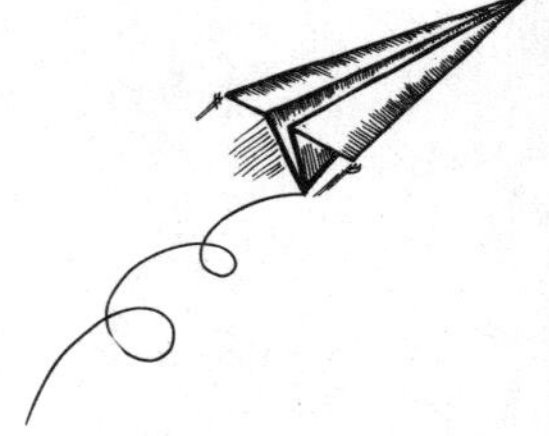

On Beşinci Bölüm

Ve dünya siyaha da boyansa yanınızda sevdikleriniz varsa sizin için her yer yine mavi kalır.

Gökyüzü hâlâ mavi baba…

– Deniz oğlum.

– Buyur canım babam.

– Aynı babasının oğlu aynı.

– Öyle tabii babacığım.

– Şu dünyada iyi ki yapmışım dediğim ikinci şeysin oğlum.

– İlkini sormuyorum.

– Sorma zaten oğlum annenle evlenmek tabii ki...

– İyi ki varsınız. İyi ki beraberiz artık.

Bir bavul karışıklığı hayatımızı mahvetmişti ama şimdi bir ailem olmuştu. Yıllar sonra artık benim de herkesinki gibi bir ailem vardı. Annem ve babam diyebildiğim iki insanın yanındaydım. Her yanım tamamlanmıştı da bir yanım eksik kalmıştı işte. Aşktan yana gülmemişti kader, bu durumu da yavaş yavaş kabullenmeye başlamıştım. Buket'in yokluğuna alışmamıştım ama varlığının da neler getireceğini bilmiyordum.

Babamla Gökyüzüne Not adlı kafemize gittik.

– Güzel bir yerdir eminim.

– Güzel baba çok güzel.

– Kafenin ismi için ayrıca teşekkür ederim oğlum.

– Ben teşekkür ederim baba. Senin sayende böyle güzel bir isim buldum.

– Olsun. Bir şeyler hep etrafımızda olur, hayat bizim onların ne kadarını değerlendirdiğimizle ilgilenir.

– Gökyüzü nasıl bugün mavi mi?

– Gökyüzü hâlâ mavi baba...

Bazı şeyleri anlatmadığınızda hiç yaşanmamış sayılır mı? Ben öyle bir oyun oynuyorum. Kötü ya da kötü olduğunu düşündüğüm şeyleri görmezden geliyorum ve yokmuş gibi davranıyorum ama var biliyorum. Her ne kadar kabullenmesem de babamın gözleri cezaevindeki bu süreç yüzünden epey zarar görmüş ve şu an belli bir oranda görebiliyor. Yıllar sonra kavuştuk ama beni doya doya göremedi, annemi de...

Bir tedavisi olur ümidiyle kapı kapı dolaşacağım. Travma sonucu oluşmuş ve cezasının son iki yılını ciddi bir görme kaybına uğrayarak geçirmiş. Bizim bu durumdan haberimiz olmaması içinde bir hayli çabalamış. Bir arkadaşı yazmış mektupları ve yine o arkadaşı okumuş tüm yazdıklarımızı...

– Doktora gidecek miyiz baba?

– Neden olmasın oğlum. Gökyüzüne yeniden doya doya bakmak isterim. Tüm renklerini yeniden keşfederek...

– O zaman gidelim.

– Hemen değil. Biraz konuşalım. Anlat...

O sırada kafeden içeriye İsmet girdi. Babama hoş geldiniz ve geçmiş olsun dedikten sonra yanımıza oturdu.

– Demek İsmet sensin.

– Benim Fikret Amca.

– Ya oğlum bir şey soracağım. Bu Deniz'imin kız arkadaşı falan yok mu? Ben bunun yaşındayken çoktan evlenmiştim.

– Bilmiyorum ki bana da bahsetmez.

– Eee nasıl arkadaşsınız siz?

– Aslında biri vardı ama şu an yok Fikret Amca. Siz baş başa konuşsanız daha iyi, ben de fırından kurabiye alıp geleyim.

– Olur oğlum.

İsmet gittikten sonra babam daha çok sıkıştırmaya başladı beni.

– Anlatacak mısın oğlum?

– Annem bir şey mi söyledi baba?

– Tabii oğlum söyledi bir şeyler... Kadınlar gönül meselelerini çözemeyebilir ama ben iyiyimdir bu konularda.

– Öyleyse anlatayım ama biraz uzun ve karışık bir durum.

– Dinlerim. Vaktimiz çok artık.

Yaşanılan her şeyi anlatmaya başladım. Ben babama olan özlemimi gidermek isterken babam benim aşk sorunumu çözmek istemişti.

– Seni şimdi kimse tanımıyor öyle mi?

– Yok baba tanımıyor.

– Ortaya da çıkmaya niyetin yok ama bu kız gördü seni?

– Gördü ama görmezlikten geldi.

– Kitaplarını okur musun bana?

– Okurum. Tabii ki okurum baba. İstersen hemen başlayalım.

– Bu gece başlarız.

– Olur baba sen nasıl istersen.

– Şimdi bu kız senin hikâyen mi olsun istiyorsun?

– Çok istiyorum.

– O zaman şu soruma cevap ver. İnsan peşinden koşmadığı birinin hikâyesine karışabilir mi?

– Bilmem.

– Annen neler yaptığımı anlatmadı sanırım sana.

– Anlattı baba.

– Sen benim oğlum değil misin yahu? Bu kadar severken bir köşeye çekilip bekleyecek misin?

– İstemiyor ki beni, ne yapayım?

– Ne demek ne yapayım? İstemediğinden emin olacaksın. İnsan birinin kendini sevdiğinden de, sevmediğinden de emin olamıyor. Altında yatan gerçek nedeni öğrenene kadar ömründen oluyor. Sen bu nedeni biliyorsun. Güvenini kırdın onun. O kitapları yazan adamı bitirdin ve karşısına çıktın. Onun elindeki hayalini aldın oğlum sen. Bu yaptığını nasıl anlamazsın? Belki de hep o kitapları yazan adam gibi birini bekledi ve sonra karşısına sen çıktın. Kitapları yazan adamı buldu aslında kimi bulduğunu bilmeden. Sen onun hayalindeki adamı öldürdün ve ona dedin ki, beni sev. Ben oyum.

– Evet.

– Peki bu durum senin başına gelse kendini kandırılmış hissetmez miydin? Kaçmak istemez miydin?

– İsterdim baba. Anlıyorum onu şimdi...

– O zaman bir şeyler yapalım.

– Ama ne?

– Ben hallederim oğlum. Sen sadece bu kızın evini, çalıştığı yeri öğren.

– Biliyorum zaten baba.

– Yolu üzerinde bir alt geçit ya da üst geçit var mı?

– Bir alt geçit var.

– Tamamdır. Akşam çalışıyoruz ve sabah oraya gidiyorsun.

– Nasıl?

– Anlatacağım.

Babamın aklından geçenleri bilmiyordum ama ümitlenmiştim. Sonra tüm ümitlerimi bir yana bırakıp sordum:

– Baba gözlerin?

– Tamam oğlum tamam.

– Doktora gidecek miyiz?

– Evet.

– Yarın doktora gidelim o zaman.

– Önce benim dediklerim yapılacak.

– Peki.

***

O günün akşamında babama ilk kitabımı okuyordum. Birkaç sayfa ilerledikten sonra babam gülerek yüzüme baktı:

– Aynı benim gibisin.

– Nasıl?

– Konudan konuya geçişlerin, adamın aklındaki soruyu unutturmaların... Bunların hepsi ben işte.

– Demek ki bana da bir şeyler geçmiş babam.

– İyi ki geçmiş oğlum.

– Hafta sonu maça gidiyor muyuz?

– Ne maçı?

– Beşiktaş'ın maçı baba. Biletleri aldım bile.

– Annen anlattı değil mi?

– Yokluğunda çok konuştuk. Anlattı tabii. Senin formanı giyip gittim maçlara. Bu benim için en büyük hatırandı işte.

– Seni de Beşiktaşlı yaptık yani.

– Bu hayatı yaşarken başka bir takımı tutamazdım zaten.

– Nasıl yahu?

– Baba işte bilirsin Beşiktaş yani. Bir beklenti için sevilmez bu takım. Çaresizlikten de sevilmez. Gerçi neden sevdim bilmiyorum. Belki de sen tuttuğun içindir ama hayatıma da uygun bir takım şimdi hakkını yiyemem. Az saç baş yoldurtmadı bana.

– Baba oğul el ele gidemedik ya ona yanıyorum.

– Pazar günü gideceğiz işte baba.

– Vallahi oğlum seni ben büyütsem de bu kadar olurdun. Dedenin ellerine sağlık.

– Sade Kemal'in de etkisi büyük tabii. Eee ne yapacağız şimdi?

– O konuya gelelim tabii. Şimdi bu kızın nerede çalıştığını biliyorsun ve yolunun üzerinde bir alt geçit var demiştin.

– Evet baba.

– Eee gitar çalmayı da biliyormuşsun annen anlattı. Her ne kadar benim için bir şarkı söylemesen de olsun bakalım. Şimdi yarın sabah bu alt geçide gidip şarkı söyleyeceksin.

– Sonra?

– Şarkı söyle işte... Gitar kutunu da önüne koy. Arkandaki duvara da bir kâğıt yapıştır. İçinden geleni yazıp altına da gökyüzüne not yaz. O geçerken okur nasıl olsa...

– Bu mu çözüm baba?

– Sen yap oğlum.

- – Peki baba deneyelim.

Bir salı günü saat 07.53

Arkamdaki duvarda bir yazı...

"Kâğıt paralar sizin olsun demirler benim."

Gökyüzüne Not

Söylediğim şarkı ise:

Artık sevmeyeceğim bütün kabahat benim...
Ne kadar yalvarsan boş ne kadar ağlasan boş
Sana dönmeyeceğim...

Tam da "Sana dönmeyeceğim" derken beni gördü ve gitar kutusuna bir lira attı. Yüzüme dahi bakmadı. Öylece geçip gitti. Bu yaptığım bir işe yaramayınca doğru evin yolunu tuttum.

– Olmadı baba.

– Ne olmadı oğlum? Dediğimi yaptın mı?

– Yaptım baba.

Olanı biteni anlattım babama. Söylediğim şarkıyı ve gökyüzüne not olarak yazdığım yazıyı...

– Harika bir seçim olmuş Deniz.

– Ama dönmedi işte. Bir lira attı bir de kutuya.

– Oğlum bu şarkıya hangi kız döner? Bir de uçan tekme atsaydın hepten dönemeseydi. Biraz daha kibar olalım. Yarın sabah yine gidiyorsun. Bu sefer benim söylediğim şarkıyı ve notu kullanacaksın.

– Tamam öyle yapalım...

Ertesi sabah gitarı alıp alt geçidin yolunu tuttum. Tüm hazırlıkları yaptıktan sonra gökyüzüne notu arkamdaki duvara astım:

"Neydi bir arada tutan şey ikimizi..."

Gökyüzüne Not

Ve şarkımı söylemeye başladım...

Olmasa mektubun yazdıkların olmasa
Kim inanır senle ayrıldığımıza
Sanma unutulur kalp ağrısı zamanla
Her şeyi unutarak yaşanır sanma...

Neydi bir arada tutan şey ikimizi
Birleştiren neydi ellerimizi
Bırak bana anlatma imkânsız sevgimizi
Sevmek birçok şeyi göze almaktır...

Tam yanımdan geçerken durdu. Göz göze geldik. O an aklımdan yaşadığımız her şey geçip gitti. Hani aradan zaman geçer de eski sevgilinize rastlarsınız ya... Neden bittik biz der gibi bakarsınız hani... Öyle baktım ona ama onun nasıl baktığıyla ilgilenmedim.

Çantasından renkli bir not kâğıdı çıkarıp üzerine şunları yazdı:

"İkimizi bir arada tutan şey güvendi."

Gökyüzüne Not

Onu gören birkaç öğrenci de gökyüzüne not adı altında notlar yazarak gitar kutuma attılar. Paradan eser yoktu artık. Şaka bir yana cidden para yoktu. Aradan geçen bir haftada sadece iki ekmek arası köfte ve iki gazoz parası kazanabilmiştim. Onu da Beşiktaş maçını izlerken babamla yedik. Sokak köftesinin tadını anlatmayacağım. Babayla yeneninki ise bambaşka oluyormuş. Beşiktaş'ın galip gelmesi ise paha biçilemez...

Maçtan çıktıktan sonra babamla oturup ne yapacağımızı konuştuk.

– Nasıl ne yapacağız oğlum?

– Olmuyor işte dönmüyor.

– Öyle düşünme en azından köfte gazoz parasını çıkardık.

Gülmeye başladı. Bir insan hiç mi komik olamaz? Babam olamıyordu. Güldürme yeteneğimi ondan almadığım kesinleşmişti.

– Oğlum şaka bir yana bence iyi gidiyoruz.

– Baba bir adım bile ilerlemedik.

– İlerledik. Pazartesi için bir şarkı buldum. Tepkisiz kalması mümkün değil sen rahat ol.

– İyi bakalım baba. Bu da olmazsa sokakta şarkı söylerim artık. Sevdim bu işi.

– Hatta pazartesi ben de geliyorum.

– Gerçekten mi?

– Ne o gelemez miyim?

– Gelirsin de...

– Tamam geliyorum.

Sendrom dolu bir pazartesi sabahı saat 07.51

Arkamdaki notta şunlar yazıyor:

"Bu kalbe senden başkası yakışmaz."

Gökyüzüne Not

Tam o geçerken başladım şarkıyı söylemeye, hemen yanımda babam tabii... Elinde bir beyaz baston var. Yorulmasın diye de bir tabure getirdim oturuyor.

Duydum ki unutmuşsun gözlerimin rengini
Yazık olmuş o gözlerden sana akan yaşlara
Bir zamanlar sevginle ateşlenen başımı
Dizlerinin yerine dayasaydım taşlara

Hani bendim yedi renk hani tende can idim
Hani gündüz hayalin geceler rüyan idim
Demek ki senin için aşk değil yalan imiş
Acırım heder olan o en güzel yıllara

Şarkıyı dinledi ama alt geçidin epey ilerisinde duruyordu. Ben tabii birkaç kez daha bağıra bağıra söyledim:

Duydum ki unutmuşsun gözlerimin rengini...

Hızlı adımlarla yanıma yaklaştı.

– Tüüü sana...

– Ne bana? Bu mu karşılığı yani?

– Sus sus...

– Herkes bakıyor Buket ya. Ne yapıyorsun?

– Utanmadan bir de bu yaşta görme engelli amcayı yanında taşıyorsun. Sana güven olur mu be adam yazık yazık!

– Bir dinler misin?

– Ne dinleyeceğim be ayıp. Adamı nereden aldıysan oraya götür, böyle basit numaralarla beni kandıramazsın.

– Vallahi mi? Kandıramaz mıyım? O kadar da uzun yollardan geldi adamcağız.

– Deniz ne diyorsun ya?

– Babam ya o benim babam.

– Nasıl baban ya?

– Annemin kocası işte. Nasıl babam olacak?

– Yalanın bu kadarı. Hani cezaevindeydi baban?

– Öyleydi.

– Eee bu adam alt geçitte.

– Kızım benim babam alt geçitte olamaz mı? Cezası bitti adamın çıktı işte. Ne deseydik. Yok babamı çıkartmayın, Buket yalan söylüyorum zanneder, kızla barışayım öyle çıkarın babamı mı deseydim?

– Babansa niye susuyor?

– Kusura bakma ama biz susarak sevenlerdeniz.

Babam o an suskunluğunu bozdu.

– Deniz doğru bir çocuktur kızım. Ben babasıyım.

– Çok özür dilerim ama oğlunuzun suçu.

– Haklı olabilirsin ama birbirinizi kırmayın derim.

– Haklısınız, affedersiniz. Ben işe geç kalıyorum. Memnun oldum tanıştığıma...

– Ben de kızım...

– Tamam o zaman ben notumu yazıp gideyim.

Notu okuduğumda suskunluğum şaşkınlığa dönüşmüştü...

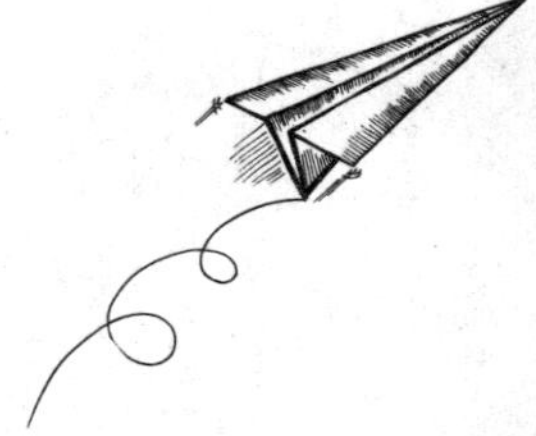

On Altıncı Bölüm

Ona bir mucize veremiyorsanız, onu mucizelerin olduğuna inandırın…

Benim hikâyem sensin...

Avucumun içine bırakmıştı bu sefer notunu ve o notu gökyüzüne ulaştırması gereken bendim. Ya beni uğraştırmak istiyordu ya da bir mucizeye inanmak. Güvenmek bir mucize olmuştu çağımızda ve kimse kimseye sırtını dönemiyordu korkusundan. Ben onu sırtım dönükken bile sevecektim ama anlatamıyordum. Notu defalarca okudum...

"Benim için bir mucize yarat."

Gökyüzüne Not

Daha ne yapabilirim ki diye düşündüm. Daha ne yapabilirim de onun bana güvenini sağlayabilirim diye günlerce düşündüm. Haftalara dönüştü günler ama haftaların aylara dönüşmesini istemiyordum. Tek bir derdim de yoktu ona da bunu anlatamıyordum. Üç hafta boyunca babamla ilgilendim. Birkaç operasyonun ardından yüzde yetmiş beşlere varan bir görme olasılığı vardı. Ben babamın kitaplarımı okuyabilecek kadar görmesini istiyordum ve bu benim için bir mucize olacaktı ama benden mucize bekleyen biri daha vardı: Buket.

Kafenin yolunu tuttuğumda saat öğlen ikiye geliyordu. İsmet'le konuşup bir mucize yaratırım diye düşündüm. O kadarını da yapamıyorsak bu aşkı hak etmiyoruz demektir diye düşünsem de bu düşüncemden çabucak vazgeçtim.

– Bir kahve?

– Olur içelim Deniz.

– Kahveler benden çözümler senden olsun.

– İnşallah diyelim.

Kahveleri yapıp kafenin önündeki kahverengi kare masamızın üzerine koydum. Bir de fesleğen çiçeğimiz vardı tabii ki yoğurt kovasında. İsmet çiçekle konuşuyordu. Bu çiçekler çok başkadır, dokunduğunuz an ortamın kokusunu güzelleştirir. İçimden al sana mucize dedim. Dışımdan ise:

– Fesleğen mi alsam ben bu kıza?

– Ne?

– Fesleğen?

– Neden ama?

– Güzel kokuyor.

– Ya tamam da nereden çıktı şimdi bu?

– Benden bir mucize istiyor.

– Sen de fesleğen alarak bir mucize mi yaşatacaksın ona?

– Öyle demeyelim de, hiç yoktan iyidir diye düşündüm. Aklıma bir şey gelmiyor.

– Neden böyle bir şey istiyor ki?

– Güven sorunu var.

– Fesleğen bu işi çözmez kardeşim.

– Sen çöz o zaman İsmet. Ben de çözemiyorum. Masadaki fesleğenden bir farkım yok.

– İki konser bileti al.

– Alalım. Sonra?...

– Kıza gönder tekini...

– Sonra İsmet sonra?

– O kadar işte. Eğer gelirse en azından sen mucizelere inanmış olursun.

– Aradığım zekâ bu değil ama yine de teşekkür eder, iyi günler dilerim. Ben konser bileti almaya.

– Kolay gelsin kardeşim...

İki konser bileti aldım tam bir ay sonrası için. Düşünebilmesi için ona zaman vermek istedim. Gelip gelmeyeceği muamma tabii... Gelse ömrüm olacak gelmese yine ömrüm. İlla bir yerlere kazınacak yani adı. Sabahı bekledim ve yine aynı alt geçitteki yerimi aldım. Saat sekize on kala gibi adımlarının sesini duydum. Yüzlerce adım arasından sevdiğiniz insanın adımlarını seçebilir misiniz? Ben seçtim. Yaklaştı, yaklaştı ve tam önümde durdu.

Konser biletlerinin ikisini de ona doğru uzattım.

– Bunlar ne için Deniz?
– Konsere gitmek için işte.
– Bu mu mucizen?
– Bilmiyorum belki de budur.
– Tamam ama ikisini de bana veriyorsun neden?
– Çünkü sen gelirsen beraber o konsere gireceğiz.
– Orada mı buluşacağız yani?
– Evet.
– Bir ay var daha.
– Olsun ben beklerim, ne de olsa alıştım. Gelecek misin?
– O gün görürsün. Hoşça kal Bay Sade.
– Hoşça kal Bayan Mavi.

Bu onun ardından kaçıncı bakışımdı hatırlamıyorum ama insan vedalara da alışıyormuş. Bunu da o öğretti bana. Ortada bir ölüm olmadığı sürece kavuşma ihtimaliniz hep vardır. Ben bu ihtimali seviyordum tabii onun kadar değil.

Aradan geçen zamanda babam birkaç operasyona girdi ve kitaplarımı okuyabilecek kadar görüyordu artık gözleri...

– Her kitabında Beşiktaş'ı yazmışsın oğlum, nasıl sevda bu böyle?

– Babadan oğula miras bir sevda işte. Yazmasam olmazdı.

– Buket'i diyorum Beşiktaş maçına mı götürsen?

– Baba o futbolu sevmez ki.

– Seni sever mi?

– Sever belki ama bana da güvenemiyor işte. İki hayatımın ortasında kaldım. Yazar olan beni seviyor ama hayalindeki yazarın katili olan bana da bir türlü güvenemiyor.

– Zaman lazım oğlum. Kadınlar böyledir. Güvenleri yıkıldığında tamiri çok da kolay olmaz.

– Bekliyorum zaten ama çok zaman kalmadı, konsere dört gün var.

– Bir şey kalmamış. Olmuyorsa da üzülme kısmet diye bir şey var.

– Haklısın baba.

Günler ve geceler birbirini kovalıyordu ve kalbim hepten sıkışıyordu. Bilmediğiniz bir hikâyenin kahramanı olmak istiyorsanız tüm bunlara dayanmalıydınız. Ben kendime bir hikâye aradım ve bulmuştum ama dahil olmayı bir türlü becerememiştim.

Aradan geçen yirmi altı günde tek kelime dahi konuşmadık onunla. Gelip gelmeyeceği hakkında en ufak bir fikrim yoktu ama içimden bir ses gelmeyeceğini söylüyordu ve ben ilk defa içimden gelen o sese inanmak istemiyordum. Babamın dediği gibi kısmet. Her şey kısmetti...

Konserden bir önceki gece babamın kitaplarından birini okumak istedim. Rafta gördüğüm o kitap yıllardır orada olmasına rağmen ilk kez dikkatimi çekmişti. Belki de sadece adı bile yeterdi içinde bulunduğum durumu anlatmaya...

Bilge Karasu yazmıştı kitabı, adı da *Kısmet Büfesi*. Birinci basım, Ağustos 1982... Bir öykü kitabıydı bu. Bakalım bizim kısmet büfemizde kim olacaktı diye düşünerek geceye gözlerimi yumdum.

Elbette kalbinden geçenleri bilemem ama sen benim kalbimden geçenleri bil isterdim.

Benim kısmetim sen miydin bilmiyordum ama bilmeyi çok istiyordum. Sabah uyanıp maillerime baktığımda gideceğimiz konserin iptal edildiğini gördüm. Bu evrenin bize bir mesajı olabilir miydi? Siz bir araya gelmeyin mi diyordu acaba?... Konserin iptal edildiğinden ona söz etmeyecektim. Akşam konser yerinde onu bekleyecektim. Tabii gelirse dünyalar benim olacaktı. Ya gelmezse?...

Bütün gün sokaklarda dolaştım. Aklımda çok farklı düşünceler vardı ama hepsi onun gelmesi halinde bir değer kazanacaktı. Gelecek miydi bilmiyordum ama bunu her şeyden çok istiyordum. Kalp her zaman böyle çarpmazdı ve yolunu bulmazdı. Benim yolum ondan geçiyordu ama onun benimle çizebileceği bir yol var mıydı bilmiyordum. Sadece seviyordum. Hepsi bu. Zaten sadece sevmek her şeye yetmeliydi ve ben yeteceğine inanıyordum.

Akşam saat dokuz olduğunda onu beklemeye başladım. Konser saat onda başlayacaktı ve kapılar bir saat önceden açılacaktı ama açılan bir kapı yoktu çünkü konser iptal edilmişti ve ben bunu ona söyleyemedim. Gelmez diye korktum. Son kez de olsa onu görmek için bekledim...

Elimde birkaç mektup vardı bir de zarfın içindeki o kâğıt... Geldiğinde ona verecektim. Zaman geçmeyi bilmiyordu, o da gelmesini... Kaldırımda oturdum, sonra da boş sokakta yürüdüm. Ardından tekrar oturdum. Sokak lambasının aydınlığında ve kalbimi benden alan kadının karanlığında kalmıştım. Ne terledim ne de üşüdüm. Öyle ki sanki bir bedenim yokmuş gibi hissettim. Varlığımı kaybediyordum. Aşk buymuş dedim kendi kendime...

Saate baktım ona çeyrek vardı... Kafamı kaldırdığımda sokağın başında onu gördüm. Yürüyordu. Bu bile bana yetmişti. Gelmişti işte, ne olursa olsun gelmişti... Belki benden beklediği mucizeyi merak ettiği için belki de öylesine ama gelmişti...

– Hoş geldin Buket.

– Merhaba...

– Nasılsın?

– İyiyim sen nasılsın?

– İyiyim ben de.

– Girmeyecek miyiz?

– Konsere mi?

– Evet Bay Sade. Neden geldik ki buraya?

– Ben sana söyleyecektim ama gelmezsin diye korktum. Konser iptal edilmiş.

– Ve sen bunu bana söylemedin. Yalanlara devam ettin öyle mi?

– Yalan diyemeyiz buna. Ben de bilmiyordum iptal edileceğini.

– Ama öğrendin ve bana haber vermedin.

– Evet maalesef...

– Gidiyorum ben o zaman.

– Nereye gidiyorsun hemen?...

– Konser için gelmiştim.

– Peki mucize?

– Aslında onu da merak ediyorum ama beklentim kalmadı bu yalandan sonra.

– Ben de zaten bir mucize yaratamadım. Çok benlik şeyler de değil açıkçası... Sevmek mucizeydi bana göre ve ben seni sevdim. Hani hava şartları çok kötüdür ve yine de yola çıkarsın ya, ben sana öyle günlerde geldim. Çok şey de istemedim senden ve yine senden başkasının peşinden koşmadım. Gel dedin geldim çünkü kalbim sürüklendi sana... Ben de karşı koyamadım.

– Başka?

– Nasıl başka? Anlatıyorum işte. Dinlemek istiyor musun?

– İstiyorum.

– O zaman kaldırımda oturalım.

– Olur.

Bazen gideceğini bilirsiniz ama biraz daha sevmek için biraz daha yanınızda kalması için elinizden geleni yaparsınız Ben de bunu yapıyordum. Biraz daha benimle kalmalıydı. Hiçbir şey tesadüf değildi çünkü. O gün otobüste yanıma oturması da, bunca şeyi yaşamamız da tesadüf değildi... Susuyordu şimdi bir yabancı gibi... Bense onu doğduğum gün tanımış gibi konuşmaya devam ettim...

– Nasıl anlatsam bilmiyorum. Defalarca anlattım ama anlatamamışım. Sen, senin gidişinle bu aşkın biteceğine inanıyorsun, bense bitecek olan şeyin bu aşk değil ikimizin hikâyesi olacağına inanıyorum. Sen istesen de istemesen de artık benim hikâyemsin ve gitsen de gitmesen de ölünceye kadar hep benimlesin.

– Bu da bir mucize bence...

– Bu kadar çok sevilmek mi?

– Evet...

– Sen. Peki sen hiçbir şey hissetmiyor musun artık?

– Önce sen konuş. Sonra ben konuşayım.

– Tamam devam ediyorum o zaman... Çok da mühim değil anlatacaklarım. Yani bir yağmur damlasından farkın yok aslında. O yere düştüğünde bile bir son bulamazken, sen her an bir sona açıksın... Kalan zaman geçenden fazla mı yoksa az mı bilmiyorsun. Planların var belki ve sırf bu yüzden beni hayatında istemiyorsun. Belki yaşamak da lazımdır biraz? Belki de birazdan daha fazla yaşamalı ve tatmalı insan bazı şeyleri?... Ama hayat müsaade etmiyor işte. İki futbol takımı bile berabere kalabiliyor sevgilim, biz bir beraberliğe böylesine hasretken... Sevgilim demişken çatma kaşlarını öyle, sevgilim değilsin elbette ama belki bir gün olursun... Kim olduğunu o zaman öğrenirim acelem yok. Aslında acelem var ama biraz havalı görünmek istedim tanımadığım sevgilime karşı. Acelem var anlıyor musun? Gerçi anlamak zorunda değilsin, gelsen kâfi. Senden çok şey istemiyorum. Gel, yanımda ol ve beni biraz da sen anlama...

– Sustun.

– Evet.

– Bitti mi?

– Bitmedi aslında...

Cebimdeki zarftan bir kâğıt çıkarıp ona uzattım. İki farlı şey yazıyordu bu büyük kâğıtta. Sağ köşesinde: "İstersen yeniden tanışalım." Sol köşesinde ise: "Keşke hiç tanışmasaydık." Şimdi seçim vaktiydi... Ya benimle kalacaktı ya da çekip gidecekti. O ne yaparsa yapsın benim ondan başka gidecek yerim yoktu.

Kâğıdı uzattım ve beklemeye başladım... Yüzüme uzun uzun baktı ve seçimini yaptı. Mutlu sonun ne olduğunu yaşamadan bilemeyiz ama ben onun yapacağı seçimin sonunda mutlu olmak istiyordum. Sadece o an. Evet minicik bir an da olsa onunla onun seçimleriyle mutlu olmak istiyordum.

– Konser iptal olmasaydı ne yapacaktın?

– Hiç.

– Mucize?

– Senden daha büyük bir mucize yaratamam.

– Güzel söz, belki bir başkası için daha güzellerini de yazarsın. Gökyüzüne bırakmayı unutma...

– Unutmam.

Kâğıdın "Keşke hiç tanışmasaydık" kısmını koparıp arkasını döndü ve yürümeye başladı. İçimde fırtınalar kopuyordu ve ben aşkın ne olduğunu attığı her adımda bir kez daha öğreniyordum. Tam da o sırada bir şarkı çalıyordu, konserin iptal edildiği mekândan geliyordu bu ses... O gecenin ve ikimizin son şarkısıydı işte...

Hiçbir vücut ısısı değiştirmiyorsa mevsim normallerini...
Sevmek de yok artık, sevmek yok artık...
Hiç kimseyi...
Sen yaz saati uygulaması ben kış saati
Ortak bir takvimimiz bile olmadı...
Seni bir saat ileri almışlar
Beni bir saat geri...
Bu zamanlar yoksa bize düşman mı?
Bilemem
Aklın kimde kalır?
Bilemem

Hatırın kimde kalır?
Bilemem
Kimler sensiz kalır?
Bilemem.
Hangi yol düz gider?
Hangi yol güze gider?
Bilemem aşklar ne için biter!

Çok sevdiğim bu Cüneyt Ergün şarkısının eşliğinde biraz yürüdüm, sonra biraz durdum. O benim tam ters yönümde yürüyordu. Aynı şarkıyı dinlerken ayrılık için ayrı adımlar atıyorduk. Arkamda bıraktığım kadın belki de hayatıma alabileceğim tek kadındı. Olmadı yapamadık. Bir hikâyenin çok ötesinde olamadık. Oysa ben onun hikâyesi olmak istemiştim olamadım...

Sahilde bir banka oturdum. Hep oturduğum bank yine beklemişti sanki geleceğimi biliyormuş gibi. Konuştum o bankla.

– Sesi çok güzel biliyor musun... Saçları da öyle... Tamam sesini bilmezsin ama saçlarını bilirsin, sen benden daha çok dokundun saçlarına... İkimize gökyüzünden sonra en çok sen şahit oldun. Şimdi onsuz yapabilir miyim diye sormayacağım sana. Biliyorum ki cevap veremezsin. Biten ilk aşk sizinki değil diyeceksin. Yüzlerce binlerce aşk bitmiş olabilir ama bu benim biten ilk aşkım ya da başlayan diyelim. Aşk biraz da yanmakla ilgili sonuçta ve ben onun yokluğuyla daha çok yanıyorum şu an. Gelmez artık, biliyorum gelmez...

– Belki de gelir be Deniz.

– Gelmez ya, gelecek olsa gitmezdi.

– Gelmesin o zaman.

– İsmet sen neden buradasın şimdi?

– Buraya gelirsin diye düşündüm.

– Kutluyorum. Yani böyle olacağını ve tek başıma buraya geleceğimi biliyordun ama bana söylemedin.

– Bunu sen de biliyordun.

– Aşk mı diyoruz buna? Sonunu bile bile bir mucizeye inanmak mıdır aşk?

– Belki de... Bu konuda bir şey söyleyemem. Herkesin aşkı da yaşayışı da başka... Sonuçta insan başkadır be oğlum. Yalnız kalmak ister misin?

– İsterim.

– İstersen ararsın gelirim.

– Anlaştık.

Aslında yalnız kalmak istemiyordum ama İsmet'le konuşmak da bir şeyleri çözmüyordu. Onun da canını sıkmak istemediğim için yalnız kalmayı seçtim. Ki zaten ben hep yalnızdım. Bir süre o bankta oturduktan sonra kafenin yolunu tuttum. O gece eve gitmeyecektim. Kafede yazdığım tüm gökyüzüne notların içinde sabahlayacaktım.

Oysa gökyüzü ikimize de yeterdi. Kimsenin çekip gitmesine gerek yoktu.

Gece yarısı bir olmuştu saat ve ben kafeye yeni yeni yaklaşıyordum. Birkaç adım sonrasında orada olacaktım ve tüm yalnızlığımla yine kendi benliğime karışacaktım. Birkaç yazı yazar kendime gelirim diye düşünürken gökyüzüne bakmaktan vazgeçip önüme baktım. Kafenin önünde beni bekliyordu.

– Buket?

– Şey aslında...

– Ne aslında Buket?

– Sana acımasız davranmış olabilir miyim?

– Bilmem. Bunu düşünmedim henüz.

– Neyi düşündün peki?

– Gidişini düşündüm sadece ama neden gittiğini düşünmedim.

– Ya ben kâğıdın arkasını okudum da...

– Keşke hiç tanışmasaydık yazan kâğıttan bahsediyorsan eğer keşke okumasaydın.

– Evet epey zor oldu benim için. Bir kez de sen okumak ister misin zahmet olmazsa?

– Tabii. Ver okuyayım hemen.

– Al bakalım.

Şimdi bu kâğıdın arkasına bir şeyler yazıyorum ama öylesine yazıyorum. Sonuçta sen beni bir zamanlar hiç tanımadan sevdin ve şimdi de bunu başarabilirsin diye düşünüyorum. Bu kâğıdı alacağını düşünmüyorum ama ya alırsan diye de bir şeyler yazmaktan uzak duramıyorum. Hatta şu an okuduğuna göre yanımda değilsin ve belki de bir daha hiç yanımda olmayacaksın. Anlatamadım demek ki kendimi. Oysa anlatmak isterdim lakin olmamış, becerememişim... Şimdi ne olacak peki diye sormayacağım sana. Şimdi şu olacak, biz birbirimizi kaybedeceğiz. Hem de sonsuza dek. Kendine iyi bakmalısın Bayan Mavi. Seni özleyeceğim... Susarak seveceğim ve özleyeceğim. Keşke defalarca tanışsaydık, hatta her gün seni yeniden tanısaydım da hiç gidemeseydin diyeceğim ve seni yine özleyeceğim.

Orhan Veli'nin şiiri gibi ne halt edeceğimi bilemeden özleyeceğim seni çünkü ne halt edeceğini bilen özlemeyi bilmez. Çırpınışlarımı bir an da olsa anlamanız dileğiyle, hoşça kalınız...

İşim gücüm budur benim
Gökyüzünü boyarım her sabah
Hepiniz uykudayken.
Uyanır bakarsınız ki mavi.

Deniz yırtılır kimi zaman
Bilmezsiniz kim diker
Ben dikerim.

Dalga geçerim kimi zaman da
O da benim vazifem
Bir baş düşünürüm başımda
Bir mide düşünürüm midemde
Bir ayak düşünürüm ayağımda
Ne halt edeceğimi bilemem.

Orhan Veli

– Okudum ve bitti.

– Bitti mi?

– Şiirler biter, hikâyeler de...

– Bir şey söyleyeceğim ama ölene dek aramızda kalacak. Kabul edersen anlatırım.

– Deli misin sen? Tabii ki kabul ediyorum. Seninle aramızda bir şey kalacak, daha ne isterim ki?...

– Tamam o zaman kafeyi açsak mı? Belki birer kahve içeriz...

– Sen yaparsan içeriz Buket.

– Yaparım, aç hadi...

Kafeyi açtım. Üst kattaki yerimize geçtik... Önce oturup sustuk, sonra ben onun gözlerine kahveler nerede kaldı der gibi baktım. Aaa pardon dedi gözleriyle ve kahveleri hazırlamaya gitti. Geldiğinde masamız kahve koktu...

– Hadi anlat.

– Tamam anlatıyorum.

– Hadi...

– Başlıyorum. Şimdi ben bu kâğıdı seçip aldım ya... Yürümeye başladım. Sokağın köşesine vardığımda tam taksiye binecekken babanı gördüm. Beni bekliyordu. Buket deyince yanına gittim ve konuşmaya başladık. Bana seni anlattı. Bana yazılarına âşık olduğum o adamın neden böyle olduğunu neden saklandığını anlattı. Dinledim sadece dinledim ve sana hak verdim Bay Sade. Senin bu sade hayatına hak verdim. Kırmızı Vosvos'una olan aşkına da, yazılarını ucuna bağlayıp gökyüzüne bıraktığın balonlara da hak verdim. Haklıydın sen. Kaçmakta haklıydın. Yıllar sonra bulduğun huzuru kaybetmekten korkuyordun. Babana bunu söyledim. Huzurunu mu kaybetmekten korkuyor dedim. Onun huzuru sensin kızım deyince, utandım. Sonra bana bir kutu uzattı ve açmamı istedi. Kutunun içinde ne vardı bil bakalım?

– Aklıma bir şey gelmiyor.

– Tahmin etmelisin.

– O zaman yazdığım notlar olabilir mi? Ya da babamın bana yazdığı notlar?

– Hayır. Kutunun içinde hepsinin üzerinde senin doğum tarihinin yazdığı yıl mavi kurdelelerle sarılmış saçlar vardı. Bebekliğinden bugüne kadar... Baban dedi ki: "Deniz senin için bir mucize yaratamaz belki ama seni çok sever. Gökyüzü kadar sever işte..." Senin o parça parça saçlarına dokunduğumda içim burkuldu. Bebekliğine döndüm, çocukluğuna döndüm, gençliğine ve şimdiki sana döndüm ama yüzümü bir türlü gökyüzüne dönemedim.

Utandım. Sana böyle davrandığım için seni suçladığım için utandım. Şimdi yanındayım işte. Git dersen giderim, kal dersen kalırım ve lütfen bana kal de.

– Ben sana git diyemem ki... İnsan bu hisleri yüzlerce kez yaşayamıyor işte... Ben sende buldum kendimi ve sen benim hikâyem oldun. Kal Bayan Mavi, hep benimle kal. Nasıl kalırsan kal ama bir şekilde yanımda kal. Ben seninle tamamlanıyorum.

– İyi ki varsın Deniz...

Sarıldık. Başka cümlelerle de anlatılabilirdi o an yaşadıklarım ama hissettiklerimi asla anlatamazdım. Sanki o gün tanışmışız da birbirimizin hikâyesi olmuşuz gibi sarıldık birbirimize... Kahvelerimizi içtik, konuştuk, sonra yeniden sarıldık.

– İstersen yarın yeniden tanışalım?

– Olur Bay Sade.

– Sonra istersen yeniden tanışırız.

– Ben seninle bir ömür yeniden tanışırım. Sen yeter ki beni tanımak iste...

– Sen yeter ki tanışmak iste, ben her gün yeni bir bahane bulurum.

Sabah oluyordu artık. Onunlayken zamanın nasıl geçtiğini yine anlamamıştım. Sahile indik, gün daha yeni ağarıyordu. Bir bank bulup oturduk. İstanbul bizimdi sanki o gün. Güneş üzerimize doğacaktı ve biz gökyüzünün altında ilk defa böylesine yan yana olacaktık.

Güneş doğuyordu ve o bir mucize gibi omzumda yatıyordu.

– Belki de ömrümde ilk defa bu kadar mutluyum, tek sebebi de sensin Buket.

– Ben de ömrümün en güzel günündeyim Deniz.

– İyi ki benimlesin, iyi ki benim hikâyemsin.

– İyi ki beraberiz... Bir şey soracağım ama ben.

– Tabii sor bakalım.

– Şey diyecektim ne zaman evleniyoruz?

– Evleniyor muyuz? Ne zaman? Nereden çıktı şimdi o?

– Gülme lütfen, istemiyor musun?

– İstiyorum da...

– Ne yani?... İstiyorum da?...

– Tamam evleniriz.

– Nerede?

– İki mavinin arasında...

– Neden ama? Kır düğünü olsa? Mavi ile yeşilin arasında...

– O da olur. Ben yine de iki maviden yanayım.

– Neden ama?

– Sonsuz olalım diye... Mavi sonsuzluktur. Sen benim sonsuzumsun... Sen benim mavimsin.

– Sen de benim mavimsin.

Bir maviyi sadece başka bir mavi anlayabilirdi. Rüzgâr esiyordu, deniz köpürmüştü ve gökyüzü bizi izliyordu. Gözlerine bakmak istedim ama çoktan dalıp gitmişti. Omzumda uyuyordu ve bizim hikâyemiz aslında şimdi başlıyordu.

***

İnsan bu hayatta önüne kattıklarından çok daha fazlasını arkasında bırakır. Öyle gerekmiştir. Arkada kalanlar uzun uzun anlatılmaz ama bir ömrün son nefesine kadar yaşanır. Hatırlanır çünkü insanın en müsait olduğu durum budur işte, hatırlamak.

Arkamda kalan her şeye inat, yoluma kattığım seninle devam ediyorum hayata... Bir hikâye yazıyorum şimdi ikimize, haberin yok. Olmasın da... Omzumda uyuyorsun güzel kadın. Boğaz'ın serin sularına benzeyen o derin mavi gözlerine bakamıyorum tam da şu an ama inatla bakarcasına seviyorum. Gökyüzü eğiliyor sanki alnından öpecekmişçesine ve ben irkiliyorum, o kadın benim der gibi kaşlarımı çatıyorum ya çatamıyorum da bir yandan... Gökyüzüm sensin çünkü kızamıyorum...

Ellerin var ellerimde ve omzum başının tek dayanağı oldu. Derin nefesler alacak gibi oluyorum, esnemek istiyorum ama yapamıyorum, olur da uyanırsın diye kılımı bile kıpırdatmıyorum.

Sen benim en gerçek hikâyemsin. Biz seninle bir hikâyenin çok ötesindeyiz... Biraz deniz, biraz da gökyüzüyüz. Saçların uçuşuyor rüzgârdan ve dudaklarıma değiyor her bir teli ama ben inatla kıpırdamıyorum sırf sen uyanacaksın diye... Aklıma yazıyorum bu mektubu ve ben seni yine gökyüzüne bağırıyorum. Sen benim olsan da olmasan da bu hayatta gökyüzüne bıraktığım en güzel notsun.

"Bu hikâyenin mavisi sensin."

Gökyüzüne Not

Yazarın Notu

Hayatımız boyunca yeni insanlar tanırız. Bunların birçoğunu sadece tanırız, bir kısmını ise hayatımıza katarız ama içlerinden sadece biri bizim hikâyemiz olur ve biz onunla bir hikâyeye başlarız. Böylesine bir durum defalarca tekrarlanmaz. Hayatınızda ne kadar insan olursa olsun her insanın yalnızca bir hikâyesi vardır. Kimin hikâyesi olduğunuzu anladığınızda sonuna kadar gitmekten korkmayın.

Bazen keşke hiç tanışmasaydık diyebilirsiniz ama bizim hikâyemizde buna yer yok. Biz her zaman istersen yeniden tanışalım diyenlerden olalım ve kalbimize kalbiyle gelenleri asla geri çevirmeyelim. Gökyüzüne notlar bırakalım, sadece iki kişilik notlar olsun bunlar. İkinizden başka kimsenin bilmediği... Bıkkınlık duymadan sevelim çünkü insan ömrü anlardan ibaret ve o veda anı geldiğinde kalbinizde götüreceğiniz tek şey sevgi, bu dünyada bıraktığınız güzellikler de sizin gökyüzüne notunuz olsun. En güzel yerlerde, en doğru insanlarla yollarımızın kesişmesi ve her zaman en iyisinin değil, en hayırlısının olması dileğiyle...